하모니
브러더스

CHOU HAAMONII
by Naoko Uozumi

Copyright ⓒ Naoko Uozumi 1997
All rights reserved.
Original Japanese edition published by KODANSHA LTD.
Korean translation copyright ⓒ 2007 by Sakyejul Publishing Co., Ltd.
Korean publishing rights arranged with KODANSHA LTD.
through Eric Yang Agency, Inc.

이 책의 한국어판 저작권은 Eric Yang Agency를 통해
KODANSHA LTD.와 독점 계약한 (주)사계절출판사에 있습니다.
저작권법에 따라 한국 내에서 보호를 받는 저작물이므로 무단 전재와 무단 복제를 금합니다.

하모니 브러더스

우오즈미 나오코 지음 | 고향옥 옮김

사계절

요즘 들어 히비키는 집 가까이 오면 위장 언저리가 묵직해지곤 한다.

주택가에 들어서서 모퉁이를 하나 돌면 히비키의 집이 보인다. 나지막한 연둣빛 울타리가 좁은 집을 빙 둘러싸고 있다. 울타리 위에는 꽃을 심은 벽돌색 화분 수십 개가 빼곡히 놓여 있다. 노랑, 보라, 하양, 빨강, 분홍, 초록, 파랑, 오렌지색. 여러 빛깔이 뒤섞인 꽃들에 둘러싸인 집은 마치 길 가는 사람들에게 "여기는 행복한 집입니다." 하고 소리 높여 선전하고 있는 듯하다.

히비키는 한숨을 내쉬며 대문을 열었다.

대문과 현관 사이의 좁은 마당에도 갖가지 커다란 화분이 놓여 있다. 조그만 화분의 꽃 종류는 엄마가 심은 것이고, 커다란 화분의 작은 나무 종류는 아빠가 사 오거나 심은 것이다. 마당과 울타리에 가득한 화초를 돌보는 것이 엄마와 아빠의 단 하나의 공통된 취미다.

히비키는 현관문 손잡이에 손을 뻗으며 생각했다.

'잠겨 있으면 좋겠다.'

하지만 문은 열렸다. 엄마가 집에 있는 거다. 오늘은 취미 교실에도 백화점에도 가지 않았나 보다.

그런데 현관 바닥에 낯선 여자 신발 한 켤레가 놓여 있었다. 베이지색 바탕에 구두코에는 금색 가죽이 덧붙은 하이힐이다.

'으음, 손님이 와 있었구나.'

히비키는 자기가 벗어 놓은 농구화와 슬쩍 비교해 보았다. 하이힐이 훨씬 크다.

"되게 큰 여잔가 보네."

히비키는 엉겁결에 내뱉듯이 중얼거렸다. 그러고는 발소리가 나지 않게 조심하면서 2층에 있는 자기 방으로 올라갔다.

히비키는 평상복으로 갈아입자마자 스스로를 으르듯 말했다.

"멍청하게 있을 시간 없어!"

당장 공부를 시작하지 않으면 안 된다. 그토록 바라던 중학교에 입학한 지 두 달. 잠자기 전에 예습을 조금 하지만 그 정도로는 수업을 따라가기도 버겁다. 반 아이들은 초등학교 때 친구들과 완전히 다르다. 모두들 여유롭다. 아마 여유 없는 사람은 히비키뿐일 것이다.

그렇지만 책상에 앉아도 도통 공부할 마음이 생기지 않는

다. 요즘은 학교에서 돌아오면 아무것도 하기 싫다. 그저 몸이 나른할 뿐이다.

히비키는 책상에서 일어나 CD 플레이어의 스위치를 켜고 침대에 기댄 채 눈을 감았다.

귀가 막힌 것처럼 음악 소리가 잘 들리지 않는다. 스피커에서 튀어나오는 소리들이 귓속까지 들어오지 않는 느낌이다. 중학교에 들어간 뒤로 이런 감각에 빠질 때가 자주 있다.

머릿속에서는, 머리에 두툼한 인형 머리를 뒤집어쓰고 있는 제 모습이 떠오른다. 두 손으로 인형 머리통을 잡고 벗어던지려 해도, 너무 오래 쓰고 있었던 탓에 아무리 몸부림쳐도 벗겨지지 않는다. 인형이 살갗에 딱 들러붙어 버리고 말았다. 있는 힘껏 잡아 빼려고 하자 얇디얇은 얼굴 살갗이 찔끔찔끔 벗겨져 피가 흐른다.

'이런 걸 뒤집어쓰고 있으니 몸이 무겁고 나른하고 음악 소리도 귓속까지 들어오지 못하는 거다.'

그렇게 생각했을 때였다.

인형을 뒤집어쓴 머리에 낯선 멜로디 한 구절이 은은하게 흘러들어왔다.

히비키는 눈을 번쩍 떴다.

'이 멜로디는 뭐지? CD에서 나왔나? 아니, 이런 곡은 없는데.'

이 CD는 수도 없이 되풀이해 들어서 처음부터 끝까지 모조리 외우고 있다. 하지만 방금 들린 멜로디는 보컬의 외침 소리나 총을 쏘아 대는 듯한 기타 소리가 아니었다. 다른 종류의 소리다.

CD의 첫 곡이 점점 작아지다가 끝이 나고 몇 초 동안 조용했다. 귀를 기울였지만 아무 소리도 들리지 않았다. 조금 전 그 멜로디는 잘못 들은 것일까?

아니, 또다. 또 들린다.

나직한 소리. 낯선 멜로디인데도 묘하게 반갑고, 울고 싶어진다. 지금까지 좋아했던 곡의 조용하고 깊이 있는 대목을 처음 들었을 때와 느낌이 똑같다.

대체 어디에서 들려오는 걸까. 밖에서 누가 라디오라도 듣고 있는 걸까. 아니, 그보다 더 가까이에서 들려오는 듯하다.

그 때, 탕 하는 강한 드럼 소리와 함께 CD의 두 번째 곡이 시작되었다. 작은 멜로디는 갑자기 싹 지워졌다.

귀에 익숙한 곡이 순식간에 방 안에 가득 차자 또 귀가 막힌 듯 소리가 잘 들리지 않았다. 히비키는 다시 나른해져서 침대에 기댄 채 눈을 감았다.

"히비키?"

문밖에서 엄마 목소리가 들렸다. 히비키는 눈을 떴다. 어느새 세 번째 곡이 끝나 가고 있었다.

"왔지? 잠깐 내려와."

예감이 좋지 않았다. 설마 오늘도 인사하러 오라는 건 아니겠지.

지난 주에도 집에 와 보니 엄마가 다니는 요리 교실 친구들이 여러 명 와 있었다. 그 때 히비키는 화장실에 가려고 아래층으로 내려가다가 엄마와 딱 마주치고 말았다. 엄마는 자랑스러운 표정으로 히비키의 어깨에 손을 얹었다.

"소개할게. 우리 아들 히비키야."

엄마 친구들은 한결같이 고급스러운 옷을 입고, 미용실에 막 다녀온 듯한 머리 모양을 하고 있었다.

"어머나, 네가 히비키구나!"

"어려운 곳에 합격했다더니, 정말 공부 잘하는 티가 나네."

"어쩜, 예의도 바르고 착하기까지 하잖아. 아이, 부러워라!"

누가 누군지 분간할 수 없을 정도로 비슷비슷한 목소리가 잇달아 터져 나오자 엄마는 당황한 듯이 손사래를 쳤다.

"아냐. 말도 안 듣고 하나도 안 착해."

엄마는 눈을 최대한 내리깔고 난처한 듯한 표정을 지었다. 하지만 그 얼굴에서는 누가 봐도 알 수 있을 정도로 거만함이 철철 넘쳐흘렀다.

'세상에서 가장 천박한 얼굴.'

머리 한 구석에서 이런 소리가 울렸다.

"안녕하세요."

히비키는 45도 각도로 깊숙이 고개를 숙였다. 어릴 때부터 잔소리를 듣고 자라서 그렇게 인사하는 게 몸에 배었다.
"어쩜, 진짜 착하네!"
엄마 친구들은 몸을 비비 꼬아 대며 감탄사를 연발했다.
"아니라니까 그러네."
엄마 얼굴에서는 점점 더 빛이 났다.

지난 주처럼 인사를 하라고 하면 못 한다고 말하자. 얼른 공부해야 한단 말이야, 그렇게 둘러대면 틀림없이 통과다.
"왜?"
히비키는 문을 열고 물었다.
엄마 얼굴이 굳어 있었다. 자신만만한 평소의 표정과는 다르다.
"손님은? 벌써 갔어?"
엄마는 고개를 저었다.
"손님 아니야."
"그럼 누구야?"
순간 엄마는 입을 다물었다.
"……유이치가 돌아왔어."
"뭐?"
흐린 하늘에 난데없이 번개가 번쩍했다. 히비키는 눈을 휘둥그레 뜨고 엄마 얼굴을 보았다.
"너 오기 조금 전에, 갑자기 돌아왔어. 얼른 내려와."

엄마는 휙 돌아서서 계단을 내려갔다. 히비키도 곧장 일어났다. 마음의 준비가 필요할 것 같았다. 그러나 무엇을 어떻게 준비해야 할지 알 수 없었다.

거실 문을 열었다.
크림색 원피스를 입은 사람이 치마를 봉긋하게 펼치고 소파에 사뿐히 앉아 있었다. 거실은 엄마가 좋아하는 파란색으로 통일되어 있다. 그 속에서 원피스의 크림색만 따뜻해 보였다.
형은 마당을 바라보는지 얼굴을 창문 쪽으로 돌리고 있어 옆얼굴밖에 보이지 않았다. 옆에는 커다란 여행 가방이 놓여 있었다.
히비키가 다가가자 기척을 느꼈는지 형이 홱 돌아보았다.
"오랜만이야, 히비키."
다정한 목소리였다. 우물거리는 듯한 목소리가 어딘지 아빠를 닮았다.
히비키는 숨을 죽였다.
"형."
눈 앞에 있는 사람은 분명 형이었다. 아래턱이 조금 튀어나온 얼굴선. 가느다란 콧날. 눈초리가 처진 쌍꺼풀진 눈. 하나하나 생생하게 기억난다.
하지만 허리까지 기른 머리는 갈색으로 물들였고, 머리끝은 굽슬굽슬했다. 껍질을 벗겨 놓은 삶은 달걀처럼 뽀얀 피부. 연한 오렌지빛 입술. 갈색이 감도는 아이섀도를 바른 눈두덩.

"많이 컸구나."

형은 눈이 부신 듯 기다란 속눈썹을 깜빡거렸다.

히비키는 당황하여 고개를 까딱했다.

어떤 얼굴을 하면 좋을까. 웃으려 해도 찡그리려 해도 얼굴 근육이 말을 듣지 않는다. 형이 이렇게 된 것을 모르지는 않았다. 수도 없이 이런 모습을 상상했다. 그러나 상상했던 분위기하고는 다르다.

"내가 열아홉 살 때 집을 나갔으니까, 7년 만이구나. 지금 몇 살이지?"

"열넷."

목에 뭐가 걸린 듯한 이상한 목소리가 튀어나왔다.

부엌에 있던 엄마가 말없이 거실로 들어왔다. 쟁반에는 홍차 잔이 있었다. 그것을 본 형이 탁자 위에 있던 케이크 상자를 끌어당겨 열었다.

"이거, 우리 가게랑 같은 건물에 있는 케이크 가게에서 사왔어. 그 집 케이크, 맛있다고 소문이 자자하거든."

'우리 가게라면…… 바로 그 가게를 말하는 건가? 형이 여자처럼 꾸미고 일하는?'

"우리 가게 얘기, 들었지?"

형은 히비키의 마음을 알아차렸는지 확인하듯 히비키를 바라보았다.

"이런 내가 일하는 가게야."

형은 '이런 나'라고 천천히 말했다. 부끄러워하는 기색은 전혀 없다.

형이 상자에서 치즈케이크를 꺼내 접시에 담았다.

"자, 먹어."

그렇게 말하고는 형이 먼저 먹기 시작했다. 케이크를 조그맣게 잘라 오렌지색 립스틱에 둘러싸인 입 속으로 가져간다. 포크를 든 오른손의 새끼손가락이 살짝 들려 있다. 케이크를 두 조각 먹고는 손을 뻗어 냅킨을 집어 들었다. 끝이 둥글게 정돈된 손톱이 립스틱과 같은 오렌지색으로 반짝였다. 그 손가락이 냅킨을 정확히 반으로 접더니 리듬을 맞추듯 입술 양 끝을 톡톡 두드리며 닦았다.

영락없이 여자 몸짓이다. 히비키의 가슴 밑바닥에서 뭔가가 치밀어올랐다.

"어머, 케이크 싫어하니?"

"아니."

히비키는 황급히 케이크 한 조각을 입 속에 밀어넣었다. 그 바람에 목이 막혀 이번에는 홍차를 재빨리 목에 흘려 넣었다.

"우와, 저 먹는 것 좀 봐!"

형은 화장한 눈을 휘둥그레 뜨더니 밝게 소리쳤다.

조용히 홍차만 마시고 있던 엄마가 쨍그랑 소리를 내며 컵을 내려놓았다.

"그런데, 가게는 언제까지 쉬는 거니?"

엄마 목소리는 평소 친구들과 이야기할 때보다 두 옥타브 정도 낮았다.

"가게 수리하는 데 한 달쯤 걸릴 거야. 하지만 새 그릇 장만하는 걸 거들어야 하니까 그보다 조금 일찍 가야 돼. 그러니까 실질적인 휴가는 3주인 셈이지."

형은 말을 멈추고 오렌지빛 입술을 옆으로 잡아끄는 것처럼 힘을 주었다.

"그래서 부탁하는 거야. 저어, 느닷없이 돌아와서 미안한데, 휴가 기간 동안 여기에서 지내고 싶어."

엄마는 꿈쩍도 하지 않고 물끄러미 찻잔 테두리를 내려다보았다.

형이 눈을 내리깔고 다시 한 번 말했다.

"불쑥 돌아와서 이런 말을 하는 게 정말 뻔뻔스럽다는 거 알아. 하지만 휴가를 집에서 보내고 싶어."

엄마는 여전히 말이 없다.

"도저히 안 될까?"

"……."

마침내 형은 고개를 푹 숙였다.

"아까 보니까 2층 내 방은 창고가 됐더라. 그러니 잘 데도 없을 것 같고……. 역시 안 되나 보네."

형이 쓰던 방은 계단을 끼고 있는 히비키 방 맞은편이다. 몇

년 전부터 완전히 창고가 되어 종이 상자나 플라스틱 옷상자 등을 적당히 보관해 두고 있었다. 히비키도 쓰지 않는 물건은 거기에 아무렇게나 두었다.

엄마는 꼼짝도 안 하고 입을 열었다.

"너도 우리 자식이다. 자식이 엄마 아빠 집에 있겠다는데 안 될 리야 없지."

마치 대사를 외우듯 억양 없는 말투였다. 그러고 나서 엄마가 불쑥 고개를 들었다.

"3주지?"

"응, 3주야."

"알았다. 그럼 집에서 지내도 돼."

"정말? 정말 있어도 돼?"

엄마는 고개를 흔들듯 끄덕였다.

"2층 방은 지금 창고로 쓰고 있지만, 구석에 짐을 몰아 놓으면 유이치 네가 잘 만한 공간은 충분히 있을 거다."

"아, 다행이다!"

형은 뽀얀 손을 가슴에 대고 웃음지었다. 엄마는 재빨리 형의 시선을 피하고는 꿀꺽 소리를 내며 홍차를 삼켰다.

일곱 시가 지나자 아빠가 들어왔다. 평소보다 이른 시간에 들어온 것이다.

아침 일곱 시 반 출근, 저녁 여덟 시 퇴근. 아빠는 언제나 시

겟바늘처럼 정확한 생활을 하고 있다. 오늘 조금 일찍 들어온 것은 엄마가 형이 돌아왔다고 알렸기 때문일 것이다.

"인생에서 가장 중요한 것은 성실이다."

입버릇처럼 언제나 그렇게 말하는 아빠가 형을 보면 어떤 반응을 보일까. 히비키는 거실에 들어온 아빠를 쳐다보았다.

아빠는 문을 열고 형을 보는 순간 그대로 얼어붙었다. 힘이 빠진 오른손에서 가방이 툭 떨어지더니 그대로 카펫 위에 턱 하니 서 버렸다.

형은 소파에서 일어나 깊숙이 머리를 숙였다. 갈색 머리카락이 앞으로 너풀거리며 흘러내렸다.

"그 동안 죄송했어요."

형이 고개를 들고 똑바로 아빠를 보았다.

"불쑥 돌아와서 정말 염치없지만, 휴가 기간 동안 집에서 지내게 해 주세요."

아빠는 계속 말없이 서 있었다. 엄마의 침묵보다 더 긴 아빠의 침묵으로 거실은 물을 끼얹은 듯 조용했다.

"여보?"

부엌에서 눈치를 살피던 엄마가 더는 참을 수 없었는지 아빠를 불렀다.

"안 돼요, 여보? 있어도 되죠?"

아빠는 그제야 생각난 듯 가방을 들었다.

"알아서 해라."

아빠는 나직한 목소리로 재빨리 말하고는 서둘러 거실을 나갔다. 곧이어 아빠가 복도를 끼고 있는 방으로 들어가는 소리가 났다.

7년 만에 가족 네 명이 모두 모여 저녁 식사를 했다. 엄마는 급히 고기를 해동시켜 구웠다.
"모양이 중요할 때도 있는 법이지."
혼자서 그렇게 중얼거리더니 와인까지 꺼냈다.
아빠는 방에 들어가 옷을 갈아입고 나왔지만 얼굴은 여전히 굳어 있었다.
"마개 좀 뽑아 줄래요?"
아빠가 식탁에 앉자 엄마는 와인과 코르크 따개를 건네주었다. 아빠는 순간 어이없다는 얼굴로 엄마를 바라보았지만 아무 말 없이 코르크 마개를 뽑았다.
엄마가 히비키를 제외한 세 사람의 잔에 와인을 따르려 하자 아빠는 유리 잔을 손으로 막았다. 엄마는 아무렇지도 않은 듯 아빠의 잔을 지나쳐 잔 두 개에 와인을 따랐다. 아빠는 말없이 부엌에 있는 조그만 텔레비전의 스위치를 켰다. 형이 앉은 자리는 평소에는 과일 바구니나 꽃병을 놓아 두는 자리였다.
"아버지, 지금도 기계 엔지니어 하고 계시죠? 일은 바쁘세요?"
식사가 시작되자 형은 아빠에게 밝게 말을 건넸다.

아빠는 대답하지 않았다. 형을 힐끔 바라보지도 않고 텔레비전을 보며 그저 묵묵히 먹기만 했다.

형은 아빠가 무시하고 있다는 것을 알자 섭섭한지 어깨를 약간 으쓱하고는 입을 다물어 버렸다.

히비키도 무슨 말을 해야 할지 몰라 열심히 밥을 먹는 척했다. 어색한 공기가 흐르는 가운데 텔레비전 소리만 울렸다.

"그런데."

엄마가 입을 열었다.

"이 부근도 많이 변했다. 유이치 네가 있을 때는 우리 집뿐이었지만, 지금은 뒤쪽 언덕까지 깎아서 집이 빽빽하게 들어섰어."

형은 반가운지 얼굴을 들었다.

"그래? 그런 것까지는 몰랐……."

"가게도 많이 생겨서 편리해졌어. 하지만 마음에 드는 세탁소가 별로 없어. 시원찮은 체인점뿐이라 짜증이 난다니까."

"맞아 맞아, 마음에 드는 세탁소 찾기가……."

"요즘 기분 나쁜 검은 고양이가 자꾸 나타나. 오늘 아침에도 버젓이 우리 마당을 지나가지 뭐야. 그런데 그게 글쎄 어느 집에서 키우는 고양이더라고. 참 내, 주인이 무책임한 거지."

엄마는 혼자서 떠들어 댔다. 형이 대꾸하는 말을 끝까지 듣지 않고 금방 다른 이야기를 시작했다. 그리고 이야기는 점점 형과는 상관없는 집 주변의 사소한 일로 옮겨 갔다. 부엌에는 꺼끌꺼끌한 알갱이가 더 가득해졌다.

'이런 상태인데도 3주일이나 있을 생각일까.'

엄마가 혼자 떠들어 대는 동안 히비키는 형의 얼굴을 슬쩍 쳐다보았다. 형은 몹시 불만스러운 표정도, 그렇다고 몹시 당황한 표정도 아니었다. 엄마 말에 대꾸하기를 포기하고 아무렇지도 않은 얼굴로 밥을 먹었다. 그리고 이따금 엄마 말에 고개를 끄덕였다.

여자처럼 꾸미고 있는 남자는 의지할 데 없는 아둔한 타인으로 보였다.

형이 집을 나간 것은 히비키가 일곱 살 때였다. 형은 고3 여름 방학 때, 아침 일찍 도서관에 공부하러 나간 뒤로 돌아오지 않았다. 형 방에서는 갈아입을 옷가지와 소지품이 없어졌다.

엄마 아빠는 곧바로 여기저기 연락을 해 보고 경찰에 신고도 했다. 밤낮으로 형의 행방을 찾으면서 한편으로는 당장이라도 슬그머니 돌아오지 않을까 하고 기다렸다.

하지만 일곱 살이었던 히비키는 엄마 아빠에 견주면 어처구니없을 정도로 마음이 느긋했다. 열두 살 터울의 형은 히비키에게 애초부터 형이라기보다는 어른이었다. 그냥 독립해서 집을 나갔다는 느낌이었다. 형 걱정보다는 밤늦도록 불이 훤한 거실이 마음에 걸렸다. 엄마 아빠가 잠을 못 이루고 있다는 생각 때문에 침대에 누워도 이상하게 마음이 조마조마했다.

언제였던가, 낮잠을 너무 많이 자서인지 밤에 좀처럼 잠이

오지 않은 날이 있었다. 히비키는 불이 켜져 있는 거실로 가려고 서둘러 계단을 내려갔다.

거실에 들어서자 생각했던 것보다 조용했다. 아빠는 팔짱을 끼고 소파에 파묻히듯이 앉아 소리 죽인 텔레비전을 보고 있었다. 엄마는 형이 남겨 두고 간 책과 공책을 탁자에 펼쳐 놓고 턱을 괸 채 뚫어져라 바라보고 있었다.

히비키는 형이 왜 집을 나갔는지 깊이 생각해 본 적이 없지만, 그 때 갑자기 물어 보고 싶었다.

"형 왜 집 나갔어?"

엄마가 매서운 눈빛으로 히비키를 올려다보았다.

아차, 물어 보지 말걸. 히비키는 바로 후회했다. 형을 걱정하느라 지칠 대로 지쳐 있는 엄마에게 그런 질문은 하지 말았어야 했다.

"그 애는 경쟁에서 밀려난 거다."

단단한 돌조각을 내뱉는 듯한 목소리였다.

등줄기가 오싹했다. 어째서 엄마가 그런 말을 하는지 이해할 수 없었다. 히비키는 구원의 손길을 바라듯 아빠를 보았다. 그러나 아빠도 싸늘하게 굳은 얼굴로 엄마 말에 고개를 끄덕였다.

겁먹은 히비키를 보자 엄마가 목소리를 누그러뜨렸다.

"히비키 넌 걱정하지 않아도 돼. 얼른 네 방으로 올라가."

히비키는 엄마 말이 떨어지기가 무섭게 재빨리 방으로 돌아갔다. 침대에 들어가서도 조금 전의 싸늘한 느낌은 좀처럼 사라지지 않았다.

결국 형에 대한 것은 아무것도 알아내지 못했다.

여름이 지나고 가을이 왔다.

엄마 아빠는 형 이야기를 뚝 끊었다. 해가 바뀌자 형을 잊어버린 듯이 보이기까지 했다.

히비키도 점점 형은 독립해서 집을 나갔다는 애초의 단순한 생각으로 되돌아갔다. 대학생으로 보이는 사람을 보면 형도 어딘가 낯선 마을에서 대학에 다니고 있을 것 같은 생각이 들었고, 젊은 직장인을 보면 양복 차림의 형이 어느 사무실에서 서류를 작성하고 있는 장면을 상상하기도 했다. 그렇지만 히비키가 멋대로 상상했던 형의 모습은 작년에 산산이 부서졌다. 가출한 뒤 처음으로 형에게서 전화가 왔던 것이다.

그 전까지 형에게서 전화나 편지가 온 적은 한 번도 없었다. 가출한 지 3년 되던 해부터 유일하게 연하장만 보내 왔다. 주소는 적혀 있지 않고 내용은 해마다 똑같았다.

'근하신년. 여러분 잘 계세요? 저도 잘 있습니다. 유이치.'

전화가 걸려 온 것은 작년 여름 어느 밤이었다. 아빠는, 드문 경우지만 그 때까지 퇴근하지 않았고 엄마는 부엌에서 설거지를 하고 있었다. 히비키는 학원에서 돌아와 야식을 먹으며 텔레비전을 보고 있었다.

텔레비전에 푹 빠져 있던 히비키는 처음에는 전화에 주의를 기울이지 않았다. 하지만 잠시 뒤 전화를 받는 엄마의 목소리가 이상하게 흥분해 있다는 것을 느꼈다.
'혹시?'
직감이었다.
히비키는 엄마가 수화기를 내려놓자마자 물었다.
"형한테서 온 거 아냐?"
엄마는 대답하지 않았다.
"지금 어디 있대? 뭐 하고 있대?"
엄마는 떨쳐 버리려는 듯이 머리를 흔들었다.
"그런 건 못 들었어. 그냥 건강하게 잘 있다는 말뿐이야."
엄마는 부엌으로 돌아갔다.
'더 이상 묻지 마!'
딱딱하게 굳은 엄마의 등이 그렇게 경고하고 있었다.
그 날 밤, 히비키는 거실 문밖에서 엄마 아빠의 말을 엿들었다.
정확히 듣지는 못했지만 '도쿄에 있다'는 말과 '여자처럼 꾸미고 일하는 가게에서'라는 엄마의 말이 들렸다.
"그게 정말이야? 정말이냐고!"
아빠는 흥분한 목소리로 몇 번이나 되물었다.
"사실이 아니라면 전화를 했겠어요?"
엄마가 초조한 듯이 말했다.
그 때, 히비키 안에서 흑백으로 존재하던 형에게 갑자기 색깔이 입혀졌다. 그리고 동시에 웃음이 터져 나왔다.

히비키는 발소리를 죽여 재빨리 자기 방으로 올라가, 침대에 앉자마자 우하하하 하고 소리 내어 웃었다.

전혀 현실감이 없었다. 형이 여자처럼 꾸미고 일하고 있다니. 엄마 아빠의 분위기는 심각했다. 그게 더 이상했다.

좀처럼 옛날 사진을 보지 않기 때문에 기억이 변질되어 가고 있는지 모르지만, 히비키의 기억에 형은 아무리 봐도 남자였다. 다부진 체형이라기보다는 호리호리하게 마른 체형이기는 했어도 분명 중학교 때는 축구부에 들어갔고, 하얀 이가 유난히 두드러져 보일 만큼 햇볕에 그을어 있었다.

엄마를 닮은 히비키와 달리 형은 아빠를 꼭 닮아 이목구비가 뚜렷한 편이었지만, 그래도 생김새가 여자 같지는 않았다. 그런 형이 여자처럼 꾸미고 있다니.

이튿날 아침에 일어났을 때, 엄마 아빠는 특별히 달라진 것이 없었다.

하지만 며칠 뒤 텔레비전 퀴즈 프로그램을 볼 때는 엄마와 아빠 모두 몸이 얼어붙은 채 얼굴이 딱딱하게 굳었다.

화면에는 중성인간이라고 불리는 게이 두 명이 비쳤다. 둘 다 끈적거리는 유화 물감을 덕지덕지 바른 것처럼 두꺼운 화장을 하고 있었다. 한 사람은 가슴이 깊게 파인 새빨간 드레스를 입고, 또 한 사람은 노란 미니스커트를 입고 있었다.

새빨간 드레스를 입은 쪽이 갑자기 자기 가슴을 쥐어 모아

올렸다. 노란 미니스커트 쪽은 뒤로 빙그르 돌더니 몸을 앞으로 구부렸다. 스커트 자락 속의 속옷이 보일락말락했다.

"둘 다 몸이 유연하군요."

사회자가 말하자, 둘은 입을 크게 벌리고 천박한 웃음소리를 냈다.

형이 저런 모습의 게이가 되었다니 믿을 수 없다. 히비키는 또 웃음이 나올 것 같았다. 그런데 엄마 아빠를 보니 아까보다 더 하얗게 질려 있었다. 히비키는 얼른 채널을 돌렸다.

그 뒤로 히비키는 텔레비전에 그런 출연자가 나오면 즉시 채널을 돌려 버렸다. 그렇게 함으로써 히비키가 형에 대해 알고 있다는 것을 엄마 아빠도 알게 된 듯했다. 하지만 두 사람은 아무 말도 하지 않았다.

저녁밥을 먹고 나서 형은 방 정리를 한다며 곧장 2층으로 올라갔다. 아빠도 말없이 서둘러 자리에서 일어나 목욕탕으로 들어갔다. 엄마는 설거지를 하기 시작했다.

"유이치 말인데, 신경 쓰지 마라."

엄마는 등을 돌린 채 말하더니 형이 쓴 손님용 밥그릇을 쨍그랑 소리가 날 정도로 거칠게 개수대에 넣었다.

"3주만 지나면 없어질 거야. 우리는 우리 식으로 지내면 돼. 히비키 너도 네 생활 리듬 흐트러지지 않도록 해."

그랬다. 엄마는 그렇게 생각하기 때문에 계속 자기 식대로

만 이야기했던 것이다.

 엄마의 혼잣말은 이상한 분위기를 자아냈지만 지금 엄마가 하는 말은 아주 당연하다. 형은 3주만 지나면 없어진다. 신경 쓰지 않는 것이 상책이다.

"응."

히비키가 대답했다.

"그건 그렇고, 학교는 어때?"

엄마는 목소리를 밝게 바꾸었다.

"공부는 잘하고 있는 거야?"

"응, 대충."

히비키는 얼버무렸다. 간신히 수업을 따라가고 있다는 말은 차마 할 수 없었다.

"잘하고 있나……."

말끝을 흐리며 덧붙였다. 하지만 엄마에게는 잘하고 있다는 말로 들렸나 보다.

엄마는 히비키를 돌아보고 기분 좋게 웃었다.

"그럼 그렇지."

엄마의 웃는 얼굴이 히비키를 기쁘게 했다. 마치 조건 반사와도 같았다. 엄마와 아빠의 웃는 얼굴을 보면 까닭 없이 기뻤다. 하지만 동시에 마음이 콕콕 쑤시는 것 같고 왠지 불안해지기도 했다.

히비키는 책상에 앉아 책과 공책을 펼쳤다. 막 연필을 들자 건너편 형 방에서 종이 상자 따위를 옮기는 소리가 들렸다.

'형은 텔레비전에 나오는 게이처럼 자극적인 원색 옷은 입지 않았어. 유화 물감을 덕지덕지 처바른 것 같은 화장도 하지 않았고. 옷도 화장도 훨씬 수수했어.'

신경 쓰지 않으려 했지만 히비키는 어느새 형에 대해서 생각하고 있었다.

하지만 만약 형이 자극적인 원색 옷을 입었거나 유화 물감을 덧칠한 것처럼 두꺼운 화장을 했다면 어땠을까. 차라리 그쪽이 낫지 않았을까. 그랬다면 틀림없이 마구 웃어젖힐 수 있었을 것이다.

그렇다. 형은 여자로 둔갑해 버린 것이다. 그러나 아무리 감쪽같이 둔갑했어도 보는 사람은 남자라는 것을 뻔히 안다. 그런데도 형은 부끄러워하거나 주눅든 느낌이 전혀 없다. 당당하다. 원래부터 저런 성격이었을까.

히비키는 7년 전 형의 성격을 기억해 보려 애썼지만 잘 떠오르지 않았다. 아무튼 저런 느낌은 아니었던 것 같다. 신경질적이었고 언제나 짜증을 냈던 것 같다. 게이가 되면 성격까지 바뀌는 것일까.

문득 책상 위의 시계를 보았다. 책상에 앉은 지 벌써 10분 가까이 지나 있었다.

'얼른 공부해야지!'

엄마 말이 옳다. 형에 대해서 생각할 여유 따위 없다. 어쨌

든 3주만 지나면 형은 떠난다. 형은, 지나가 버릴 것을 알고 있는 태풍과 같은 존재다.

가까스로 공부에 집중하기 시작했을 때 노크 소리가 났다.
"히비키, 들어가도 될까?"
형의 목소리였다. 히비키는 가슴이 덜컥했다. 형이 무슨 일일까.
"왜?"
잠시 뜸을 들였다가 대답하자 형은 문을 열고 쑥 들어왔다. 조금 전의 원피스가 아니라 평상복 같은 헐렁한 바지와 윗옷으로 갈아입고 그 위에 앞치마를 둘렀다.
형은 문 옆의 벽에 기대더니 씽긋 웃었다.
"방 정리, 겨우 다 했어."
히비키는 몸이 굳어졌다. 일부러 그런 일을 보고하러 온 것일까.
형은 뭐가 우스운지 쿡쿡 웃었다.
"내 물건은 아무것도 없었어. 집 나간 지 7년이니 당연하기도 하지만."
뭐라고 대답하면 좋을까. 히비키는 긴장한 채 형 쪽을 보고 있었다. 형은 마음놓고 히비키의 방을 둘러보았다.
"깔끔하구나. 내가 너만 했을 때는 방이 엉망이었는데. 그야말로 발 디딜 틈이 없을 정도였지. 기억하니?"

히비키는 고개를 저었다.

"그래. 그 때 넌 어렸지."

아무튼 형은 그런 시답잖은 이야기를 하러 온 것 같았다. 그렇게 생각하자 갑자기 맥이 탁 풀렸다.

히비키는 책상을 향해 돌아앉았다. 풀다 만 문제를 다시 읽기 시작했다. 히비키가 책상을 향하자 형은 이야기를 멈추었다. 그렇지만 나갈 낌새도 없었다.

히비키는 책에 눈을 박은 채 단단히 마음먹고 물었다.

"볼일 있어?"

"아니. 방 정리가 끝나서 잠깐 쉬던 참이야."

밝은 목소리가 돌아왔다.

무시하자. 히비키는 열심히 문제를 읽었다. 하지만 통 머릿속에 들어오지 않았다. 그보다도 형이 바라보고 있을 자기 등이 화장품을 덧칠한 것처럼 가렵기 시작했다. 형은 왜 안 나가는 거야.

"재밌어?"

형이 물었다.

"혹시 내일 시험이니?"

히비키는 고개를 저었다.

"그럼 모레?"

또 고개를 저었다.

"그럼 글피?"

짜증이 났다.

"당장은 없는데, 다음 주말에 중간고사가 있어. 하지만 특별히 그것 때문에 공부하는 건 아냐. 늘 하는 거지."

"그렇구나. 시험이 없어도 공부를 한다니, 대단한데!"

"별로 대단하지 않아."

문제의 뜻을 이해하기 위해 어떻게든 집중하려고 애썼다.

"재밌니?"

형이 다시 물었다. 히비키는 더 이상 참을 수가 없어서 형을 돌아보았다.

"무슨 말을 하고 싶은 거야? 재미있고 없고 그런 건 상관없잖아."

형의 얼굴에서 웃음기가 가셨다. 형은 곧 진지한 얼굴이 되어 말했다.

"내가 방해했구나. 그럼 잘 자라."

형은 들어왔을 때와 똑같이 쑥 나가 버렸다.

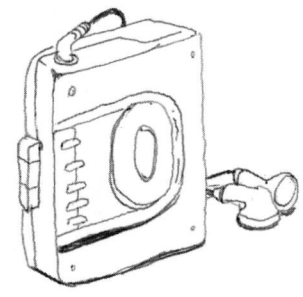

아침 식사 시간이 되어도 형은 일어나지 않았다. 아침밥은 반드시 가족이 다 함께 모여 먹어야 한다는 것이 엄마가 정한 규칙이었지만 엄마는 아무 말도 하지 않았다.
"아까 신문 가지러 가다 보니까, 울타리에 올려놓은 화분이 또 하나 떨어져 있더라고요."
엄마가 아빠의 빵에 버터를 바르면서 말했다.
"어떤 화분인데?"
신문을 읽던 아빠가 얼굴을 들었다.
"바깥쪽 울타리에 놓아 둔 로베리아 화분."
"그 파란 꽃 화분 말이야?"
"길에 떨어져 있더라고요. 뭐, 화분은 플라스틱이라 안 깨졌고 화초도 통째로 뽑혀서 꽃이랑 뿌리도 아직 성하긴 해요. 요전에는 도자기 화분이라 깨졌잖아요. 그런데 아무래도 누가

장난을 치는 것 같아요. 예쁜 꽃을 망가뜨리다니, 얼마나 심술 궂은 인간인지 모르겠어, 정말."

"정말 그렇구먼."

아빠도 맞장구쳤다.

"그런데 지난번에 엄마가 그랬잖아, 요즘 어느 집 고양이가 우리 마당을 지나다닌다고."

히비키는 엄마와 아빠를 보며 말했다.

"고양이 짓이 아니다. 사람 짓이야."

아빠가 대답했다.

"그래, 사람 짓이야. 틀림없이 집 앞을 지나다니는 사람 소행이라고. 요즘에는 이 근처에 사는 사람만 지나다니는 건 아니니까 말이야. 안쪽 단지랑 길을 이어 놓는 바람에 별의별 사람들이 다 지나다니잖아. 틀림없이 같은 사람 짓이야."

엄마는 "어휴 지겨워." 하며 얼굴을 찡그렸다. 얼굴 가득 신경질적인 잔주름이 잔뜩 잡혔다. 화분을 떨어뜨린 인간과 그런 표정을 짓는 엄마, 어느 쪽이 진짜 지겨운 인간인지 히비키는 알 수 없었다.

점심시간이었다. 언제 왔는지 스카가와 후토시가 앞자리에 앉아 있었다. 순간, 귀찮다는 생각을 떨쳐 버릴 수가 없었다.

"어젯밤에 텔레비전 봤냐?"

"안 봤어."

히비키는 대답하면서 후토시의 얼굴을 흘끗 보았다.

후토시는 눈이 사시라서 오른쪽 눈동자가 바깥쪽을 향해 있다. 그 때문에 보통 사람과는 달리 보이지 않는 것을 보고 있는 것처럼 느껴졌다. 흘끔흘끔 쳐다보면 안 된다고 생각하자 한 층 더 거슬렸다.

후토시는 그런 것에는 전혀 신경 쓰지 않는 듯한 태도로 몸을 흔들어 댔다. 이름처럼 뚱뚱한 몸집으로* 의자를 삐걱삐걱 울렸다.

"그럼 집에 가면 뭐 하냐? 시간 많잖아."

"그렇지도 않아."

"학원은?"

"그만뒀어. 작년에는 입시 때문에 다녔지만. 지금은 집에서 예습만 해. 하지만 예습하는 것만으로도 벅차."

"나도 마찬가지야. 작년까지는 다녔는데 지금은 안 다녀."

후토시는 반갑다는 듯이 맞장구쳤다.

히비키가 다니는 중학교는 중고등학교 통합 과정이어서, 고등학교에 들어갈 때 시험을 치르지 않고 바로 들어갈 수 있다. 때문에 히비키는 이 중학교에 들어오면 죽자 사자 공부하지 않아도 될 거라고 생각했다. 그래서 작년에 그렇게 악착같이 입시 공부에 매달렸던 것이다. 합격했을 때는 태어나서 처음

---

* 후토시는 한자 '태(太)'의 일본어 발음으로, '굵다·크다'는 뜻이다.

으로 기쁨의 눈물까지 흘렸다.

하지만 히비키의 생각은 너무 안일했다. 날마다 과제가 나오는데다 수업 진행 속도가 너무 빨랐다. 완벽하게 예습해 가지 않으면 따라갈 수 없었다.

사실 4월에 입학하고 나서 긴장이 풀려 한동안 거의 공부를 하지 않았다. 그 영향 때문인지 히비키는 지금 수업이나 겨우 따라가는 것이 고작이다.

그렇지만 다른 아이들은 다르다. 모두 여유가 있다. 예습 따위는 거의 하지 않는 것 같은데 수업을 쉽게 따라간다. 선생님의 설명을 딱 한 번 듣고도 이해한다. 이 사실을 알았을 때 히비키는 충격을 받았다.

초등학교 때, 히비키는 반에서 보통 1, 2등을 했다. 운동 신경도 좋은 편이어서 체육 시간이나 운동회, 반 대항 운동 경기에서도 큰 활약을 했다. 공부는 잘하지만 운동은 못하는 그런 부류가 아니었다. 같은 반 여학생들이 뽑은 '슈퍼맨 상'이라는 것을 받았을 정도다.

그러나 히비키는 지금 학교에서 그런 상을 받을 만한 학생이 아니다. 1학기 성적표는 아직 나오지 않았지만 지금까지 종종 보았던 쪽지 시험 결과로 보면, 성적은 반에서 맨 꼴찌부터 세는 편이 빠를 것이다. 운동 또한 더 잘하는 아이가 있다. 그런 아이는 공부도 히비키보다 훨씬 잘한다.

더욱이 모두들 어른스러운데다 똑같은 색깔을 하고 있다.

별것 아닌 것 가지고 소란을 피우는 일 따위는 없다. 초등학교 때는 아이들에게 저마다의 색깔이 있었다.

물론 몇몇 예외는 있다. 호리베와 와키타라는 애들이 그렇다. 호리베는 남이 싫어하는 말만 하는 저질스런 아이고, 와키타는 그 부하뻘 되는 아이다. 남이 실수를 하거나 성적에 관계없는 이상한 일이 눈에 띄기라도 하면 기다렸다는 듯이 놀려 댄다. 그런 애들이 수업 시간에는 어린아이처럼 활달하게 참여하기 때문에 선생님들에게는 결코 미움을 사지 않는다. 아니, 오히려 반의 지도자쯤으로 여겨지기까지 한다.

이 둘 말고 또 한 사람 예외가 있다. 히비키는 그게 바로 후토시라고 생각했다. 눈이 사시이고 몸집이 뚱뚱하기 때문에 몹시 눈에 띄는 것이다. 그래도 성적은 히비키보다 위다. 후토시가 히비키에게 자꾸만 접근해 와서 반 아이들은 히비키와 후토시를 단짝쯤으로 여긴다. 히비키는 그 점이 영 못마땅했다.

다무라 히비키와 스카가와 후토시는 '다'와 '스'로 시작하지만 그 사이에 다른 성을 가진 학생이 없어서 출석 번호가 나란히 붙어 있다.

입학식날, 후토시는 이사장님 말씀 도중에 쓰러졌다. 나중에 후토시가 자세히 설명한 바에 따르면, 후토시의 할머니가 축하할 날이라며 아침부터 팥밥이며 튀김이며 이것저것 상다리가 휘도록 차렸는데, 그만 너무 많이 먹어서 체한 모양이었다.

후토시는 "웩!" 하는 소리와 함께 곧바로 기우뚱하더니 그대로 쓰러져 버렸다. 주변에 있는 학생들은 말없이, 기가 막히게 재빨리 피했다. 그래서 뒤에 있던 히비키 혼자서 후토시를 부축하게 되었다.

후토시는 키는 작지만 히비키보다 훨씬 무겁다. 축 늘어진 후토시의 몸을 부축하자니 히비키까지 쓰러질 것 같았다. 게다가 후토시의 입에서 누런 구토물이 흘러나와 특유의 시금털털한 악취가 풍겼다. 히비키는 선생님이 올 때까지 꾹 참았다.

다음 날 학교에 가자, 맨 먼저 후토시가 말을 걸어 왔다.

"안녕, 히비키."

후토시는 어디를 보는지 알 수 없는 얼굴로 웃고 있었다.

"안녕."

히비키는 당황스러웠지만 웃어 주었다.

"어제는 고마웠어. 곧장 할머니랑 집에 가느라고 고맙다는 말도 못 했어. 미안하다."

"됐어."

히비키는, 마음속으로는 후토시가 얼른 가 주기를 간절히 바라면서 얼굴만은 계속 웃음을 띠고 있었다. 하지만 그렇게 웃어 주지 말았어야 했다. 후토시는 그 뒤에도 줄곧 히비키에게 딱 붙어 다녔다.

"음악부 말이야, 재미있어?"

후토시가 다시 의자를 삐걱삐걱 흔들면서 물었다. 히비키는 가슴이 철렁했다.

"왜?"

"나 아직 특별 활동 부서를 못 정했거든. 어딘가 들어가고 싶은데 마땅한 부서가 없어서 말이야."

"특활 부서는 꼭 들어가지 않아도 되잖아. 억지로 들어갈 필요는 없을 것 같은데……."

히비키는 조심스럽게 대꾸했다.

이 학교는 특별 활동이 필수가 아니다. 일부 운동부는 교외 대회에 나갈 정도로 유명하지만 그건 특별한 경우다. 학생의 절반 이상은 아무 부서에도 들어가지 않았다.

처음에 히비키는 농구부에 들어가려고 마음먹었다. 그런데 가서 보니 초등학교 특활부보다 더 형편없어서 들어가고 싶은 마음이 싹 가셨다. 그런 형편없는 농구부에 들어가느니 차라리 아무 데에도 들어가지 않는 편이 나을 것 같았다. 하지만 곧장 집에 가기도 싫어서 이 부서 저 부서 기웃거려 보았다.

히비키는 망설인 끝에 부원이 딱 다섯 명밖에 없는 음악부로 결정했다. 악기를 연주하는 부서가 아니다. 음악을 감상한다. 학교에 있는 레코드판과 자기가 듣고 싶은 CD를 가져와서 음악을 듣게 되어 있다. 그러고 나서 서로 감상을 주고받거나 쓰거나 한다. 이따금 세 대밖에 없는 낡은 고물 기타로 코드 연습을 하기도 한다. 활동은 일주일에 한 번뿐이다.

농구부가 형편없다면 이 부서는 더욱 형편없었지만 히비키

마음에 든 것이 딱 하나 있었다.
 음악실은 구 교사 1층 끝에 있다. 음악 교재를 보관하는 서고까지 있어서 비좁은데다 먼지까지 풀풀 날렸지만, 운동장 쪽으로 창문이 나 있어 날씨가 좋은 날에는 따사로운 햇볕이 들었다.
 이 음악실은 특활이 없는 날에도 이용할 수 있었다. 부원이 다섯 명밖에 안 되기 때문에 특활이 없는 날 가면 틀림없이 혼자 있을 수 있다. 클래식 음악을 듣는 것이 원칙이지만 가끔 팝송이나 록을 들어도 상관없다. 히비키는 늘 자기가 좋아하는 하드록 CD를 가지고 가서 혼자 멍하니 시간을 보냈다.
 "재미없어."
 히비키는 어깨를 으쓱해 보였다.
 "가끔 그만두고 싶을 정도로."
 "그렇구나. 그만두고 싶을 정도면 정말 재미없겠다."
 후토시는 아쉬운 듯이 말했다.

 학교 수업이 끝났다. 히비키는 전철에서 내려 역 뒤쪽 자전거 보관소에 세워 둔 자전거에 올라탔다. 강가로 가장 빨리 나갈 수 있는 길을 골라 강을 끼고 달리면서 강을 바라보았다.
 잔물결이 반짝반짝 빛난다. 강 건너편으로는 조그만 잿빛 공장이며 아파트며 건물들이 드문드문 보인다.
 콘크리트 둑 밑의 하천 부지에는 잔디가 깔려 있고, 규칙적으로 깔아 놓은 벽돌길이 구불구불 이어져 있다. 개를 데리고 나온 중년 남자가 개똥을 담은 하얀 비닐 봉투를 들고 산책하고 있다.

이 강도 꽤 많이 변했다. 히비키가 어렸을 때는 쌓아 놓은 흙과 제멋대로 난 풀이 둑을 이루고 있었다. 하천 바닥도 자갈 투성이였다. 단 한 가지 변하지 않은 것은 오래 된 콘크리트 취수탑뿐이다.

집 근처에 있는 중학교 교복을 입은 남학생 둘이 이쪽으로 걸어왔다. 초등학교 때 히비키와 같은 반이었던 모리와 하루야마였다.

"히비키!"

모리가 먼저 알아보았다.

"야!"

히비키도 손을 들었다.

"오랜만이다. 학교는 어때?"

"히비키, 특활은 어디 들어갔어? 우리는 약속했던 대로 농구부에 들어갔다."

모리가 엄지손가락을 들어 보였다.

"우리 학교 농구부는 순 엉터리야. 들어갈 마음이 안 나."

"그럼 어디 들어갔는데?"

"아무 데도."

음악부는 시시해서 말할 수 없었다.

"뭐어, 아무 데도 안 들어갔어?"

모리는 그렇게 묻더니 곧바로 "아아, 그렇지." 하고 알겠다는 듯이 말했다.

"너네 학교는 공부 때문에 바쁘지."

"아니, 그렇지는 않은데……."

히비키는 얼버무렸다.

"아 참, 저번에 아카이케를 만났는데 이제 곧 반창회 하자더라."

하루야마가 천진난만하게 말했다.

"반창회?"

히비키의 머리에 초등학교 때 친구들이 우르르 떠올랐다. 마음이 후욱 포근해졌다. 그 때가 가장 빛났던 것 같다.

"다들 어떻게 지낼까? 보고 싶다."

모리가 히비키의 교복을 물끄러미 바라보았다. 순간, 그 눈이 두 개의 어두운 구멍으로 보였다.

"너는 좋겠다……."

"응?"

"인생이 활짝 핀 것 같아서. 똑똑한 애들이 다니는 중학교에 들어갔으니 반창회에 가도 폼 나잖아."

"전혀. 폼은 무슨 폼이 난다고 그래."

"쑥스러워하긴. 똑똑하니까 똑똑하다고 하는 거잖아."

모리는 히비키의 어깨를 툭 쳤다.

"그만 해. 하나도 똑똑한 거 없어."

"야, 뭐가 쑥스럽다고 그러냐."

모리의 말에 히비키는 웃으며 손사래를 쳤다.

움찔했다. 엄마와 똑같은 짓을 하고 있다. 혹시 얼굴까지 비슷해진 것은 아닐까.

"야야, 히비키에게 견주면 우리 같은 애들은 순 멍텅구리지, 뭐."

하루야마가 웃으며 말했다. 모리가 하루야마의 귀에 대고 뭐라고 속닥거리더니 둘이서 다시 웃음을 터뜨렸다.

"뭐야, 왜 그래?"

히비키도 함께 웃고 싶었다. 둘은 대답하지 않고 계속 낄낄거렸다.

"히비키, 그럼 또 연락할게."

모리가 갔다. 하루야마도 "간다!" 하고 손을 치켜들었다.

둘은 가 버렸다. 잠시 뒤 히비키는 자전거를 멈추고 돌아보았다. 둘은 가방으로 서로 몸을 밀면서 엉겨붙듯이 장난을 치면서 걸어가고 있었다. 그 애들 너머로 보이는 강물이 반짝반짝 빛났다.

집에 돌아오니 엄마는 없었다. 히비키가 곧장 거실에 들어가려는데 2층에서 형 목소리가 내려왔다.

"엄마는 꽃꽂이하러 갔어. 네 간식은 냉동실에 꼬마 피자 들어 있으니까 데워 먹으라던데."

히비키가 대답을 하지 않자 형은,

"들었니?"

하고 더 큰 소리로 말했다.

"들었어."

히비키가 중얼거렸다. 엄마가 외출했을 때는 부엌 메모판에 행선지가 적혀 있다. 일부러 형한테 들을 필요는 없다.

정말 머리가 아파 왔다. 모처럼 엄마가 집을 비웠지만 형이 있으니 집에 와도 전혀 마음이 안정되지 않는다.

히비키는 재빨리 피자를 데워 가지고 자기 방으로 올라가 문을 탁 닫았다.

"자아, 어서 하자, 어서!"

그런데 책상에 앉아 책과 공책을 펼친 순간, 삐거덕삐거덕 하고 방이 흔들리기 시작했다. 아무래도 진동은 형 방에서 전해 오는 것 같았다. 히비키는 형 방 쪽을 노려보았다.

무시하자, 무시해.

그러나 무시하려고 하면 할수록 진동은 더욱더 심해졌다.

히비키는 연필을 내던지고 일어섰다.

"형! 조용히 해!"

히비키가 형의 방 문을 두드리며 소리쳤다.

"뭐?"

"시끄럽잖아!"

"뭐라고? 들어와서 말해."

히비키는 문을 벌컥 열었다. 형은 다리를 쭉 펴고 바닥에 앉아 있었다. 창가에 놓인 카세트에서 미국의 옛날 춤곡이 흘러나왔다.

검은 티셔츠에 검은 발토시. 허리에는 엉덩이만 가리는 짧은 회색 치마를 두르고 있다. 머리는 뒤로 묶었다.

종이 상자와 옷상자를 구석에 높이 쌓아 놓으니 방의 3분의 2쯤 되는 널찍한 공간이 생겼다. 선반 대신 쓰는지, 창틀에는 색색의 화장품이 놓여 있다.

"왜, 무슨 일이니?"

형이 일어나더니 카세트 음량을 줄였다. 화장한 얼굴에 엷게 땀이 번져 있다.

"무슨 일이냐니, 시끄럽잖아."

"미안, 소리가 울리던? 조용히 추려고 했는데."

"춤추고 있었어?"

히비키가 엉겁결에 묻자, 형은 빙그레 웃으면서 고개를 끄덕였다.

"오늘 일정을 알려 줄까? 점심때가 지나서 기상. 부엌에서 혼자 점심 해 먹고, 내 빨랫감 세탁. 그리고 지금은 연습 시간."

"혼자서 점심 해 먹었어?"

점심때는 엄마와 형 둘뿐이라 어떻게 지낼지 사실은 조금 신경이 쓰였다.

"엄마가 알아서 해 먹으래서. 그건 아무래도 상관없어. 난 만날 늦게 일어나는데, 휴가라고 갑자기 일찍 일어나지도 못하겠고 말이야. 하지만 연습은 게으름 피우면 안 돼. 일하는 곳에 '쇼 타임'이 있거든. 휴가 기간 동안 몸이 굳어지면 안 되잖아. 그래서 체조하고, 그러고 나서 춤을 좀 췄어."

형은 종이 상자 위에 있는 카세트를 보았다.

"허락도 없이 썼는데, 괜찮아? 네 거니?"

올해 설날 새 컴포넌트를 선물로 받았기 때문에 쓸모가 없어져서 이 방에 처박아 둔 것이었다.

"그건 뭐, 아무래도 상관없어……."

"그래, 고마워."

형은 말을 마치자마자 오른쪽 다리를 치켜들었다. 똑바로 편 다리가 얼굴에 닿았다. 그리고 곧장 양쪽 다리를 180도로 벌리고 털썩 앉았다. 발레리나처럼 두 팔을 둥글게 펼치고 몇 번인가 날개 치듯 움직이더니, 다음에는 양쪽 발을 모았다가 앞으로 한쪽씩 교대로 쭉 뻗었다. 그러고는 일어나서 이번에는 오른쪽으로 왼쪽으로 스텝을 밟기 시작했다.

히비키는 어안이벙벙하여 형을 바라보았다. 형의 몸은 리듬에 맞춰 경쾌하게 움직였다. 포즈와 스텝 하나하나가 어떤 모양이 되었다.

형은 마지막으로 두 팔을 펼치고 포즈를 취하더니 얼굴 가득 웃음지으며 히비키를 바라보았다.

"다 같이 이런 춤을 춰."

"아, 알았어. 아무튼 좀 조용히 해 줘."

히비키는 높고 날카로운 목소리로 말하고는 방을 나가려고 했다.

"아 참, 잠깐만."

"왜?"

"또 하나 물어 볼 게 있는데."

형은 벽장 앞에 있는 키보드를 가리켰다.

"이것도 네 거니?"

"응."

"여기 있는 동안 내가 써도 될까?"

2년 전 생일에 받은 키보드였다. 일단 다리가 달려 있어서 겉보기에는 그럴듯하지만 실은 건반이 61개뿐인 미니 사이즈 키보드다. 마치 장난감에 털이 난 격이다.

초등학교 5학년 때, 갑자기 반에서 밴드를 한다는 이야기가 나왔다. 결국 말만 무성했지 실제로 밴드를 하지는 않았지만, 때마침 생일이었던 히비키는 선물로 덜컥 키보드를 받았다. 그러나 손때도 묻기 전에 싫증이 나고 말았다.

"괜찮아. 전혀 안 쓰니까."

"고마워. 난 피아노 치는 게 좋아. 요즘은 가게에서도 가끔 부탁해서 치고 있어."

"아까 말한 쇼에서?"

"아니. 쇼는 가게에 있는 애들이랑 다 같이 하는 거야. 쇼 타임 말고 다른 시간이 있잖아. 그 때는 보통 손님을 상대하는데, 나는 가끔 피아노를 쳐."

히비키는 이상했다. 형이 피아노를 칠 수 있었던가?

형은 키보드 의자에 앉았다.

"집 나가서 맨 처음 일하던 가게에서 배웠어. 그 가게는 피아노가 있는 보통 술집이었어. 나는 당연히 무대 뒤에서 일했지. 그런데 그 가게에서 피아노 치는 사람이 참 좋은 사람이었거든. 그 사람이 가게 문 닫은 뒤에 기초를 가르쳐 줬어."

형이 키보드 스위치를 켜고 건반을 몇 개 눌러 보았다. 정확히 화음이 되었다.

"나도 돈을 조금 모아서 재작년에 피아노를 샀어. 전자 피아노이긴 하지만. 아직은 무척 서툴러서 남에게 들려줄 만큼은 안 돼. 그래도 영화 음악이나 스탠더드 넘버* 몇 곡 정도는 완벽하게 치려고 연습하는 중이야. 그래서 가게에 부탁했지. 가끔 치게 해 달라고. 그랬더니 손님이 많지 않을 때는 쳐도 괜찮다고 허락해 주더라."

쇼에서 다 같이 춤을 춘다, 손님을 상대한다, 이따금 자청해서 좋아하는 피아노를 친다.

형이 하고 있는 일을 구체적으로 알자 기분이 이상야릇해졌

* 어느 시대에나 관계 없이 오랫동안 늘 연주되어 온 곡.

다. 막연히 여장한 괴물처럼 생각했는데, 형에게는 꼭 해야 할 일이 있고 스스로 하고 싶은 일도 있구나 싶었다.
"끝까지 외우고 있는 곡 중에서 가장 자신 있는 거 한 곡 쳐 볼까?"
형은 등을 곧게 펴더니 건반에 손가락을 올려놓았다.
형이 치는 곡은 〈오버 더 레인보〉였다. 멜로디 라인만 있는 간단한 연주가 아니라 정확히 장식된 곡이었다. 형은 단 한 군데도 막히는 곳 없이 세세한 부분까지 정확하고 매끄럽게 연주했다. 이런 싸구려 키보드의 전자음이 아니라 진짜 피아노였다면 더 박력 있었을 것이다.
형이 연주를 마쳤을 때, 히비키는 순간적으로 박수를 칠까 말까 망설였다. 하지만 치지 않았다.
"이 키보드가 있어서 정말 행운이야. 이걸로 휴가 동안 피아노 연습도 할 수 있고, 또 곡도 만들 수 있고."
"직접 만들어?"
형은 멋쩍은 듯이 이마에 흘러내린 앞머리를 쓸어 올렸다.
"그냥 재미 삼아 하는 거야. 집에서도 자주 해. 적당히 만들어서 치는 것도 좋아하니까. 취미지, 뭐."
형은 히비키의 얼굴을 보았다.
"뜻밖이니?"
"아니, 그런 건 아니지만."
"뭐 별거 아냐. 그럼, 몸 좀 더 풀어 볼까. 이번에는 조용히 할 테니까 안심해."

형은 의자에서 일어나 카세트 스위치를 눌렀다.

저녁때, 아빠는 평소 들어오던 시간에 오지 않았다. 그래서 엄마와 히비키와 형, 이렇게 셋이서만 저녁밥을 먹었다.

엄마는 식사가 시작되자마자 오늘 꽃꽂이 교실에서 있었던 일을 이야기하기 시작했다. 어제와 마찬가지로 형이 엄마 말에 끼어들려고 했지만 거기에는 반응하지 않았다. 그냥 혼자서만 계속 이야기했다.

조용한 식사는 안 된다, 아무튼 침묵만은 안 된다, 엄마가 그렇게 생각하고 있다는 것을 잘 알 수 있었다. 엄마는 한번 결정하면 주위 사람들이 어떻게 반응하든, 자신의 결정이 옳다고 믿고 계속 밀고 나가는 사람이다. 하지만 형이 있는 3주 내내 저녁 식사 때마다 엄마의 독주회를 들어 줘야 하나 생각하니 지겨워졌다.

예습을 마친 뒤 아래층으로 내려가려고 방을 나오는데 형이 빠른 걸음으로 계단을 올라오던 참이었다.

목욕을 한 것 같았다. 노란 바탕에 물빛 꽃무늬가 큼직하게 그려진 잠옷을 입고 있었다. 머리를 하얀 목욕 수건으로 둘둘 감고 있어서 눈만 빠끔하게 보였다. 꼭 닌자 같다.

왜 저런 모양을 하고 있는 걸까. 그 순간에는 바로 깨닫지 못했지만 금세 눈치챘다. 목욕하면서 화장을 지운 것이다. 맨얼굴을 보이고 싶지 않은 것이다.

형은 위에 히비키가 있다는 것을 알고는 고개를 푹 숙였다. 그러고는 얼른 지나가려고 재빨리 계단을 올라왔다.

히비키에게 어떤 생각이 퍼뜩 스쳤다.

히비키는 서둘러 계단을 내려가기 시작했다. 그리고 형과 스치듯 지나가는 순간, 하얀 목욕 수건 끝을 힘껏 잡아당겼다.

목욕 수건은 기대 이상으로 스르르 풀렸다.

"아앗!"

형이 짧은 비명을 질렀다.

히비키는 혀를 날름 내밀었다. 화장을 지운 얼굴은 대체 어떨까.

하지만 형의 얼굴에는 분홍 수건이 감겨 있었다. 히비키가 어리둥절해하자 형은 키득키득 웃었다.

"어떡하나. 수건 한 장만으로는 풀릴 것 같아서 또 한 장을 감고 있었지!"

형은 재미있다는 듯 그렇게 말하고는 스텝을 밟듯 경쾌하게 계단을 올라갔다.

"에잇, 뭐야!"

이렇게 말하면서도 히비키의 얼굴에는 저도 모르게 웃음이 번졌다. 위장 언저리가 한결 가벼워졌다.

부엌 냉장고에서 음료수를 꺼내는데 거실에서 텔레비전을 보고 있던 엄마가 불렀다.

"히비키, 벌써 잘 거야?"

"응."

"공부는 다 했어?"

"응, 대충."

히비키는 얼버무렸다.

"대답이 왜 그렇게 시원찮아."

편해졌던 위가 다시 묵직하게 늘어지기 시작했다. 엄마는 일단 텔레비전으로 눈을 돌렸다.

"그건 그렇고, 유이치는 목욕탕에서 나온 것 같던?"

"아까 2층으로 올라갔어."

"그래."

엄마는 히비키의 대답을 듣고 일어났다.

히비키가 음료수를 마시고 다시 2층으로 올라가려는데, 목욕탕 문이 빠끔 열려 있었다. 엄마가 등을 구부리고 샤워기로 욕조를 닦아 내는 것이 보였다.

"욕조는 왜 닦아?"

히비키는 목욕탕에 고개를 들이밀고 물었다.

엄마는 소스라치게 놀라 돌아보았다. 그러나 히비키의 얼굴을 보자 안심하는 표정이었다.

"그게, 유이치가 목욕하고 난 뒤라 말이야, 왠지 기분이 좀

찜찜하다고 할까. 히비키 넌 먼저 씻었으니까 괜찮겠지만, 엄마는 이제부터 목욕해야 하거든."
 "형이 더럽다는 말이야?"
 엄마는 허를 찔렸는지 불끈 치밀어오르는 표정이었다.
 "누가 더럽댔어요? 그냥 왠지 꺼림칙하다는 것뿐이죠."
 엄마는 존댓말로 쌀쌀맞게 말하더니 등을 돌리고 다시 욕조를 닦기 시작했다.
 가시를 삼킨 기분이었다. 엄마의 둥그런 등에 새까만 콜타르가 덕지덕지 묻어 있는 느낌이었다.
 지금 이 느낌을 엄마에게 내뱉으면 어떻게 될까. 그러나 말할 수 없다.

점심시간에 음악실에 들어가니 여느 때처럼 아무도 없었다. 점심을 먹고 후토시가 다가오기 전에 얼른 교실을 나왔던 것이다.

먼지 자욱한 공기를 환기시키려고 창문을 열었다. 운동장에는 성질 급한 아이들 여럿이 벌써 체육복으로 갈아입고 나와 있는 것이 보였다. 5교시에 체육 수업이 있는 반 아이들이다.

음악실 구석에 철제 의자가 접힌 채 세워져 있었지만 히비키는 꺼내기가 귀찮아서 그냥 바닥에 주저앉았다.

맞은편 벽에 걸린 철제 선반에는 오래 된 스테레오 카세트가 있다. 아득한 옛날부터 음악실에 있었다는, 덩치만 크고 음질이 나쁜 카세트였다. 그 옆에는 음악부를 창설했다는 선배가 남겨 두고 간 CD 플레이어가 있다. 히비키는 집에서 가져온 CD를 거기에 넣고 벽에 기대어 앉았다.

언제나처럼 멍하니 있고 싶었지만 그럴 수가 없었다. 가슴 속에 따끔따끔한 것이 여느 때보다 더 많이 굴러다녔다.
'앞으로 얼마나 살아야 하는 걸까…….'
갑자기 머릿속에 그런 생각이 떠올랐다.
평균 수명만큼만 산다고 해도 틀림없이 앞으로 50년 이상은 살 것이다.
50년…….
지금처럼 성적을 걱정하며 살아가는 하루하루가 앞으로의 50년과 어떤 관계가 있는 것일까. 순간, 마음이 아득해지는 것 같았다.
그렇지만 잘 생각해 보면 간단히 상상할 수 있을 것 같기도 했다. 이런 하루하루를 그럭저럭 보내면 수업을 따라가지 못해도 어떻게든 이 학교를 졸업할 수는 있을 것이다. 그리고 어딘가의 대학에 들어간다. 그 뒤로는 사회에 나가 오로지 죽어라 일만 한다. 그렇게 살아도 순식간에 50년이 흘러갈 것이다.
몸이 무겁고 자꾸만 축 늘어졌다. 힘이 빠졌다. 온몸의 구멍이란 구멍에서 몸 속에 들어 있는 것들이 녹아서 빠져 나가는 것 같았다.
이대로 몸 속의 세포가 녹아 버려 다무라 히비키라는 인간이 민달팽이처럼 흔적도 없이 사라져도 좋지 않을까.
'형…….'
그렇다, 그렇다면 형이 나보다 나아 보인다. 훨씬 즐거워

보인다. 평범한 인생에서 탈락했는데도 말이다. 도대체 왜 그럴까.

옆에 있는 선반을 보았다. 오래 된 음악책과 악보가 먼지를 뒤집어쓴 채 수북이 쌓여 있다. 그 옆에는 고물 기타가 세 대 있다. 그 가운데 하나는 줄이 잘려 나갔다.

줄이 잘려 나간 구멍 속에서 뭐가 반짝 빛났다. 손을 넣어 꺼내 보니 담배와 라이터였다. 여기에서 담배를 피우는 학생이 있다는 뜻이다.

누굴까. 부원을 하나하나 떠올려 봤지만 담배를 피울 만한 녀석은 아무도 없었다.

그러나 히비키는 마음이 놓였다. 그런 녀석이 있다니. 이 학교에서는 담배 피우는 것이 발각되면 이유를 막론하고 당장 퇴학 처분이다. 하지만 그게 어떻다는 말인가.

한 개비 꺼내려고 했다. 순간, 가슴이 두방망이질을 쳤다.

'지금 누가 들어오면 어쩌지?'

학생은 그래도 낫다. 음악 교사는 좀처럼 오지 않지만 그래도 지금, 혹시 지금 우연히 들어오면? 당장 퇴학이다.

그렇게 되면 집 근처 중학교로 가게 되는 것일까. 모리와 같은 중학교 말이다. 엄마 아빠는 뭐라고 할까? 얼마나 길길이 날뛸까? 나 스스로는 부끄럽지 않을까? 좋은 학교에 들어갔다고 부러움을 사고 있는 판에 쫓겨난다면 비웃음거리가 될 게 뻔하다.

'한심하다.'

또 갑자기 기분이 반회전했다. 피우지도 않았는데 걱정부터 하고 있다니, 대체 왜 이렇게 한심할까.

담배 한 개비를 꺼내 라이터에 불을 붙이고 연기를 힘껏 빨아들였다.

금세 기침이 나왔다. 가슴이 답답했다. 급히 선반에 비벼 껐다. 꽁초는 주머니에 넣고 손으로 재를 모았다. 담뱃불을 비벼 끈 부분이 변해 버렸다. 침을 뱉어 몇 번이고 쓱쓱 문질렀다.

교실에 돌아오자 점심시간은 겨우 2분밖에 남지 않았다. 그런데 후토시가 허겁지겁 가방을 끌어안고 다가와 히비키 앞자리에 앉았다. 그러더니 가방에서 음악 잡지를 꺼내 급하게 책장을 넘기면서 '라이브 콘서트 정보!'란을 펼쳤다.

"다음에 콘서트 보러 가지 않을래?"

"콘서트?"

"이거."

후토시가 뭉툭한 손가락으로 가리켰다. 히비키도 이따금 듣고 있는 밴드였다.

"후토시 너도 이런 거 들어?"

"응, 가끔."

후토시는 책상을 톡톡 치며 리듬을 맞추었다.

"여간해서는 이 동네 라이브 하우스에 안 오잖아. 이게 얼마

만에 오는 기회인지 몰라."

"얼마 만이라니, 간 적 있는 거야?"

까닭 없이 화가 치밀어올랐다.

"간 적은 없지만 이런 정보지는 자주 보거든."

후토시는 멋쩍은 듯이 대답했다.

후토시를 보고 있으면 오글오글한 것이 폭발할 것 같다. 주변에 있는 인간 중에서 가장 짓밟아도 좋을 상대로 보인다. 이런 아둔한 녀석에게는 무슨 짓을 해도 상관없을 것 같다.

히비키는 어리광부리듯 말했다.

"근데 안 되겠다. 콘서트 티켓값이 2천 엔이지? 이번 달엔 용돈이 벌써 바닥났단 말이야."

"그래?"

후토시는 아쉬운 듯이 잡지를 덮었다. 그러나 금세 얼굴을 번쩍 들었다.

"우리 할머니한테 부탁해 볼까?"

"뭐?"

"2천 엔 정도라면 빌려 줄 거야. 갚는 건 언제가 되든 상관없다고 할 거고."

"아냐, 됐어."

히비키는 안절부절못했다. 사실은 용돈이 없는 것이 아니다. 후토시와 둘이서 가고 싶지 않은 것이다.

"신경 쓰지 않아도 돼. 우리 할머니, 주머니 두둑하니까. 연금을 많이 받아서 우리 집에서 제일 부자라고 만날 자랑하거든."

"필요없다잖아."

히비키는 퉁명스럽게 말했다. 하지만 후토시는 전혀 눈치채지 못하고 싱글벙글 웃으며 계속 권했다.

"진짜로 신경 쓸 거 없다니까."

머리에 피가 확 몰렸다.

'누가 너네 할망구한테 돈 빌릴 것 같냐!'

이렇게 소리치고 잡지를 내던져 버릴까. 어디를 보고 있는지 모를 얼굴을 사정없이 두들겨패 줄까.

그 때, 머리 한구석에서 푸르스름한 섬광이 번쩍 스쳐 지나갔다. 좋아, 그렇게까지 말한다면 빌려 주마.

"후토시, 그 돈 지금 가지고 있어?"

히비키는 가능한 한 밝은 목소리로 꾸며 말했다.

"어, 지금?"

"있으면 지금 당장 빌려 줘. 네가 나중에 할머니한테 받으면 그게 그거잖아."

"그야 그렇지만······."

"혹시 지금 2천 엔 없는 거 아냐?"

"아니, 있어."

후토시는 가방에서 지갑을 꺼내더니 2천 엔을 책상 위에 놓았다. 히비키는 재빨리 돈을 움켜쥐었다.

"생큐."

"으응, 그리고 표는 다음 주부터 팔거든."

"알았어."

히비키는 고개를 끄덕이며 손에 쥔 지폐 2천 엔을 책상 밑에 서 있는 힘껏 구겼다.

"아빠는 오늘도 늦나 보다. 야근을 할 거면 한다고 전화 한 통 해 주면 좋을 텐데."

저녁밥을 먹으며 엄마가 짜증스러운 듯이 말했다. 아빠는 형이 돌아온 다음 날부터 사흘 연속 늦게 들어왔다. 어제도 그제도 일 때문에 늦은 모양이지만 전화는 없었다.

식사가 끝났을 때 현관문이 거칠게 열리는 소리가 났다. 쿵쿵쿵 하는 커다란 발소리가 복도를 걸어왔다.

거실에 들어온 아빠는 귀까지 빨개져 있었다. 술을 마시고 온 모양이었다. 아빠는 술이 세지 않아 평소에는 거의 마시지 않는다.

"오늘은 일 때문에 늦은 게 아니에요? 술 마셨네요."

엄마가 불만스러운 투로 말했다. 아빠는 엄마 말에는 대꾸하지 않고 벌겋게 핏발선 눈으로 형을 노려보았다.

"유이치, 거기 있는 게 분명 유이치 맞지?"

아빠 목소리는 보통 때와 달리 낮고 굵었다. 보통 때는 그저 말수가 적은 건지 아니면 엄마에게 주눅들어 얌전한 건지 알 수 없는, 모호하고 작은 목소리다.

 접시를 개수대에 가져다 놓으려던 형이 아빠를 돌아보았다. 아빠는 힘을 모으려는 듯 어깨로 크게 숨을 들이마셨다.

 "그런 꼬락서니는 당장 집어치워라. 평범한 모습을 하란 말이야. 그렇게 못 하겠으면 지금 당장 나가!"

 "그래도, 나가라니요."

 엄마가 끼어들었다. 아빠는 매서운 눈초리로 엄마를 노려보았다.

 "당신도 어쩔 셈이야. 구역질이 날 것 같은 이런 인간을 언제까지 이대로 둘 참이야? 왜 옷을 안 갈아입혀? 아무렇지도 않은 거야!"

 "아무렇지도 않은 건 아니에요."

 "그럼 왜 저대로 두는 거야. 똑같은 여자가 돼서 좋은 모양이지?"

 "말도 안 되는 소리 말아요!"

 엄마가 째지는 소리로 외치듯이 대꾸했다.

 "전에 당신이, 어떤 모습이라도 좋으니 유이치가 돌아오기만 하면 바랄 게 없겠다고 했잖아요. 난 말이에요, 유이치가 돌아왔을 때 그 말을 떠올렸어요! 그리고 유이치는 변함없이 우리 자식이니 맞아들여야 한다는 걸 깨달았다고요!"

 "지금 무슨 말을 하는 거야. 그건 유이치가 살았는지 죽었는지 모를 때 한 말이야. 이렇게 팔팔하게 살아 있잖아!"

아빠는 다시 형에게 눈길을 돌렸다.
"너, 이 집에 있고 싶으면 그런 꼬락서닐랑 당장 집어치워. 토할 것 같은 꼬락서니는 하지 말란 말이다. 알았어?"
형은 손에 들고 있던 접시를 조용히 식탁에 내려놓더니 아빠를 똑바로 쳐다보았다.
"이게 바로 저예요, 아버지."
형은 침착한 목소리로 말했다. 마치 이런 순간을 기다리기나 한 것처럼 여유가 있었다.
"이렇게 꾸미지 않은 모습은 제가 아니에요. 아버지가 그렇게 말씀하시는 심정은 알아요. 그렇지만 이런 저를 이해해 주셨으면 좋겠어요."
"무슨 말이냐. 넌 사내란 말이다!"
"아니에요."
형은 긴장된 목소리로 말했다. 아빠 얼굴이 굳어졌다.
"아니라니, 그게 무슨 말이야?"
"안심하셔도 돼요. 몸은 남자니까."
"그럼, 그럼 왜 사내가 아니라는 거야? 결국 가게에서 그런 꼴을 하고 있는 것뿐이잖아. 그런데 왜 평소에도 그런 모습을 하고 있는 거냐."
"아버지가 말하는 남자가 아니라고 말하는 거예요. 저는 여자처럼 차리고 있으면 마음이 놓이고, 여자가 아닌 남자가 좋아요."

부엌 공기가 단숨에 얼어붙었다. 히비키도 형을 바라보았다.
"……남자가?"
아빠는 신음하듯이 말했다.
"헛, 그랬어."
형은 차분한 목소리로 말을 이었다.
"단지 그뿐이에요. 잘 생각해 보면 이해하실 수 있을 거예요. 별거 아니에요. 그런 인간도 있다, 단지 그것뿐이에요."
아빠 얼굴이 점점 시뻘게졌다. 몸도 약간 떨리기 시작했다.
아빠가 무슨 말인가를 하려고 입을 크게 벌렸지만 말은 나오지 않았다. 대신 등을 돌리고 부엌을 나가려고 했다.
"잠깐만요!"
형이 처음으로 초조한 목소리를 냈다.
"말하고 싶은 거 전부 말씀하세요. 그리고 제 이야기도 더 들어 주세요."
아빠는 핏발 선 눈으로 형을 돌아보았다.
"3주 동안 있고 싶으면 실컷 있어도 돼. 하지만 이제 두 번 다시 내게 말 걸지 마라."
아빠는 거친 발소리를 내며 방으로 들어가더니 팽개치듯이 문을 쾅 닫았다.

2층에 올라가 책상에 앉았지만 히비키는 좀처럼 집중할 수가 없었다. '남자가 좋다'는 형의 말은 히비키에게도 충격이었다. 여자처럼 꾸미고 있기 때문에 그럴지도 모른다는 생각은 하고 있었다. 하지만 형이 분명히 선언하는 말을 듣자 머리를 한 방 얻어맞은 느낌이었다.

아무래도 보통 사람은 형을 이해할 수 없는 걸까.

그런 생각에 잠겨 있는데, 형 방에서 키보드 소리가 조그맣게 흘러나왔다. 어쩌다 텔레비전이나 라디오에서 듣는 슬픈 피아노곡이었다.

무슨 곡이지? 피아노곡에 대해서 잘 모르는 히비키는 알 수가 없었다. 분명 어떤 영화에 나왔다는 것밖에는 기억이 나지 않았다.

형은 그 곡을 몇 번인가 되풀이해서 치고는 키보드 치기를 그만두었는지, 다른 곡은 들려오지 않았다.

방금 친 곡은 형의 기분을 표현한 것일까. 히비키는 그렇게 생각했다. 아빠에게 여자처럼 꾸미지 말라는 말을 들어서 슬픈 것일까.

히비키는 열두 시가 지나서야 겨우 예습을 끝냈다. 계단을 내려가니 1층은 어두웠다. 이제 엄마도 방에 들어갔나 보다.

어두운 현관에 사람 그림자가 보였다. 형이 현관 문턱에 앉아 신발을 신고 있었다.

히비키는 가슴이 철렁 내려앉았다. 혹시 아빠 말 때문에 집을 나가는 것이 아닐까.

"형."

목소리를 죽여 불렀다

"어, 히비키! 아직 안 잤구나."

평소와 다름없는 밝은 목소리다. 히비키는 맥이 탁 풀렸다.

"거기서 뭐 해?"

"잠깐 산책이나 하고 오려고."

"이 밤에?"

"산책하면서 소리를 줍고 싶기도 하고."

"소리를 주워?"

"요전에 곡을 만든다고 했잖아. 늘 귀를 기울이고 여러 가지 소리를 줍긴 하지만 산책할 때도 소리를 주워. 게다가 지금 같은 계절에 밤 산책을 나가면 시원하기도 하고 기분이 최고야. 괜찮다면 히비키 너도 같이 가지 않을래?"

"응?"

"네가 따라와 준다면 경호도 되고, 딱 좋겠는데."

형은 쿡쿡 웃었다.

형의 웃음소리가 신경에 거슬렸다. 히비키는 갑자기 역겨워졌다.

집안을 이렇게 휘저어 놓은 장본인인데 아무것도 느끼지 못한단 말인가. 아까 들려온 곡은 형의 슬픈 기분을 표현한 게 아니었던 것이다.

"경호원이 필요하면 남자처럼 차리고 나가면 되잖아."

히비키는 퉁명스럽게 말했다.
"형, 너무 눈치 없어."
"어?"
"어떻게 그렇게 마음 편히 산책 같은 걸 나갈 수 있냐고."
형은 입을 다물더니 손에 들고 있던 구둣주걱을 물끄러미 바라보았다.
"……히비키, 넌 기분 전환 같은 거 하지 않니? 견딜 수 없기 때문에 산책을 나가는 거야. 방에 혼자 틀어박혀서 맥 빠진 채 생각에만 빠져 있으면 안 되겠기에."
형은 조용조용 말하고는 문을 열고 나갔다.

아빠는 다시 형을 완전히 무시하는 태도로 돌아갔다.
아빠는 평일 저녁에는 식사 때에 맞춰 들어오지 않았다. 토요일과 일요일에 함께 식탁에 앉을 때도, 형이 부르는 말에 대답 한마디 하지 않았다. 엄마는 여전히 혼자서 떠들어 댔다. 히비키는 엄마 아빠와 형과 같이 있을 때는 여전히 방관자 처지였다.
형이 돌아오고 나서 2주째에 접어든 밤이었다.
"내가 있는 동안, 아버지는 저녁 먹을 때는 들어오지 않을 참이래?"
형은 식탁에 앉자 결심한 듯 엄마에게 물었다.
엄마는 형의 말이 들리지 않는 것처럼 아무 대꾸도 하지 않왔다. 언제나처럼 낮에 다녀온 요리 교실 이야기를 하기 시작했다.

"오늘 배운 건 말이야."

"이야기 잠깐만 멈춰 줘."

순간 엄마는 형을 바라보았지만 이야기를 멈추지는 않았다.

"오늘 말이다."

"엄마!"

형은 강한 어조로 말했다.

"뭐야, 무슨 불만 있어?"

엄마는 갑자기 사람이 달라진 것처럼 가시 돋친 표정으로 변했다.

형은 한숨을 내쉬었다.

"불만 있다는 말 안 했어."

"그럼 왜 말을 못 하게 해. 나는 나 나름대로 열심히 이야기해 주고 있는 거 아냐!"

"잠깐만. 엄마가 혼자서 얘기하는 건 엄마가 그렇게 하고 싶어서 아니야? 뭐, 그건 좋아. 나는 엄마가 하는 얘기를 얼마든지 들을 수 있어. 하지만 적어도 내가 꼭 이야기하고 싶을 때는 들어 줬으면 좋겠어."

엄마는 마음속을 들킨 것처럼 한순간 머쓱한 표정을 지었지만, 금세 전투적인 표정으로 돌아왔다.

"얘기라는 게 뭐냐?"

"아빠는 오늘도 아직 안 들어오셨잖아. 당연히 나 때문이겠지? 엄마한테 무슨 말 했어? 내가 집에 있는 동안에는 저녁을 밖에서 드실 생각이래?"

"한동안 늦게 들어온다고 했어. 그렇지만 유이치 너 때문인지 아닌지는 모르겠다. 그런 거 서로 말 안 해. 하지만 안 그렇겠니? 당연히 너 때문에 안 들어오겠지. 너한테는 그런 거 상관없잖아."

"상관없지 않아."

형은 고개를 저었다.

"너도 참 이상하구나. 불쑥 돌아와서 뻔뻔스럽다고 생각한다고, 네 입으로 그렇게 말했잖아!"

"그런 말을 하긴 했지만."

"그럼 우리한테 이래라저래라하지 마! 너한테는 그렇게 할 권리가 없을 텐데. 아무튼 우리는 네가 여기서 휴가를 보내는 건 받아들였다."

엄마는 딱 잘라 말하고는 불쾌한 듯이 그릇 부딪히는 소리를 내면서 밥을 먹기 시작했다.

"표 샀어?"

후토시가 물었다.

"아, 미안. 아직 못 샀어. 그게 말이야, 또 갑자기 살 게 생기는 바람에 거기에 써 버렸거든."

"뭐!"

후토시는 조그만 눈을 크게 떴다.

"근데 히비키, 지난번에도 그렇게 말했잖아. 그래서 또 2천 엔 빌려 줬고. 다 합해서 4천 엔 빌려 줬다고."

"알아. 진짜 미안. 그런데 미안하지만, 한 번만 더 빌려 주지 않을래?"

"한 번 더?"

"응."

히비키는 후토시를 시험하듯이 바라보았다. 후토시는 눈을 감았다. 그러고는 잠시 후 고개를 끄덕였다.
"나는 할머니한테 빌리면 되니까, 뭐."
후토시가 지갑에서 또 2천 엔을 꺼냈다.
"저어, 근데 되도록이면 얼른 갚아야 돼."
후토시는 걱정스러운 목소리로 말했다.
"걱정 붙들어매."
히비키는 웃음을 참으며 고개를 끄덕였다.
후토시가 맥 풀린 듯이 자기 자리로 돌아가자 히비키는 2천 엔을 구겨서 가방 주머니에 찔러 넣었다. 주머니 깊숙한 곳에는 처음에 빌린 2천 엔, 그 다음에 빌린 2천 엔이 구겨진 채로 들어 있었다.
'이런 식으로 몇 번까지 빌려 줄까.'
히비키는 후토시의 두툼한 등짝을 보면서 짜릿짜릿한 기분을 맛보았다.

히비키가 학교에서 돌아왔더니 형 혼자 마당에 있었다. 형은 웅크리고 앉아서 하얀 화분에 노란 꽃을 심고 있었다. 히비키는 마음이 불안해졌다.
형은 히비키가 온 것을 알고 하얀 목장갑 낀 손을 멈췄다.
"어서 와. 엄마는 친구 집에 놀러 갔어. 내가 일어났을 때도 없었으니까 아침부터 나갔나 봐."
엄마는 어젯밤 형과 말다툼한 것이 풀리지 않아 아침부터 나간 것일까.

형은 다시 꽃 둘레에 흙을 넣기 시작했다.

"이거, 아까 집 앞에 떨어져 있었어."

"또야?"

"또라니, 자주 그래?"

"응."

"떨어진 화분은 도자기라서 딱 두 조각으로 깨졌어. 어젯밤 아니면 오늘 아침 일찍 떨어졌는지 꽃도 시들어 버렸고."

형은 참을 수 없다는 듯이 고개를 살래살래 저었다.

"심술궂은 짓을 하는 인간이 꼭 있는 법이지."

"형도 똑같이 그렇게 말하네."

히비키가 굳어진 목소리로 말했다.

"뭐?"

"너무 꾸미고 있어. 너무 꾸미니까 그러는 거야. 그러니까 떨어뜨리는 거라고."

히비키는 단숨에 말했다.

"하긴, 좀 지나친 건 분명해. 그래도 꽃에는 죄가 없잖아."

형은 화분에 넣은 흙을 손으로 꾹 눌렀다.

일곱 시가 지나도 엄마는 돌아오지 않았다. 거실에서 전화벨이 울렸다. 히비키가 전화를 받자 엄마 목소리가 귓속으로 뛰어들어왔다. 무척 밝고 기분 좋은 목소리였다.

"히비키니? 엄마 오늘 가와타 아줌마 집에서 자고 갈 거야!"

엄마 목소리 너머로 아주머니들의 떠들썩한 웃음소리가 들려왔다.

"오늘 말이야, 가와타 아줌마 남편이 출장 가서 안 계시거든. 지금 다들 모여서 시끌벅적해. 그래서 나도 그냥 자고 가려고. 오늘 저녁밥은 적당히 먹어. 냉동실에 피자 있어. 우동을 끓여 먹든지. 어차피 아빠도 저녁 안 드실 거니까."

또 와르르 웃는 소리가 들려왔다. 엄마는 그 웃음의 고리 속으로 돌아가고 싶은지 재빨리 말했다.

"그럼 그렇게 알고 잘하고 있어. 아침에는 꼭 갈 테니까. 아빠한테도 잘 말해 줘."

히비키는 전화를 끊고 형에게 전했다.

"그래? 그럼 저녁밥은 내가 해야겠네."

형은 즉시 장을 보러 나갔다.

한 시간 뒤, 히비키는 부엌으로 불려 갔다. 식탁에 음식이 차려져 있었다. 술지게미를 발라서 구운 흰살 생선과 나물, 그리고 버섯을 넣은 유부도 있었다.

"난 일식이 좋거든."

히비키도 일식을 좋아한다. 엄마가 만드는 음식은 주로 양식이다. 네 시간이나 걸려 조렸다는 스튜보다도 우엉이나 소금에 절인 연어구이를 좋아한다.

형이 만든 반찬은 맛있었다. 하지만 단둘이 마주 앉아서 밥을 먹으니 왠지 분위기가 어색했다. 히비키가 말을 하지 않자 형도 잠자코 밥만 먹었다.

"형이 만든다는 곡, 그거 다 됐어?"

히비키가 먼저 입을 열었다.

"아직."

"안 하고 있어?"

"하고 있긴 한데, 왜?"

"들리지 않는 것 같아서."

형이 웃었다.

"아무래도 좀 민망해서 곡을 만들 때는 헤드폰을 쓰고 하거든. 하지만 될 수 있으면 너에게는 들려줄게."

"소리 줍는다는 건 어떻게 됐어?"

"주웠지. 그 뒤로도 산책할 때마다 줍고 있고."

"소리를 줍는다는 게 어떤 거야? 녹음 같은 걸 하는 거야?"

"녹음 같은 건 안 해. 으음, 듣기만 한다고 해야 하나."

"근데 그렇게 특별히 들을 만한 소리가 있어?"

"있지."

형은 잠시 젓가락질을 멈췄다.

"조그만 다세대 주택 앞을 지날 때는 얼른 잠자리에 들려고 서둘러 그릇 씻는 소리가 들려왔고, 주차장을 지날 때는 고양이들이 낮에 애물단지 취급당한 스트레스를 푸느라 실컷 울어 대는 소리도 났고, 또 강가를 거닐 때는 흐르는 물소리가 자장가처럼 들려왔어."

히비키는 흥 하고 콧방귀를 뀌었다.

"왠지 형 멋대로 만들어 내는 것 같은데."

"잘 들으면 누구나 느낄 수 있어."

"그럴까?"

"당장 지금도 소리가 나고 있잖아."

"어떤 소리?"

"두 사람이 마주 앉아 밥을 먹고 있는 소리."

"시시해."

"시시하지 않아. 게다가 저기 문이 끼익끼익 울리는 소리도 나잖아."

히비키는 귀를 기울였다. 분명 문 쪽에서 끼익끼익 하고 조그만 소리가 났다.

"공기가 흐르고 있어. 바로 이 순간에도. 여기저기 딱 맞지 않는 거지. 겉으로는 잘 맞아 보이지만 틈새투성이야."

히비키는 가슴이 철렁해서 형의 얼굴을 보았다. 지금 형은, 집이 아닌 이 집 안에 사는 사람들에 대해서 말한 것 같은 기분이 들었다.

둘은 다시 말이 없어졌다.

히비키는 다른 생각이 떠올랐다.

"전부터 물어 보고 싶었는데, 형은 화장실 어느 쪽으로 가?"

형은 얼굴을 들고 과장되게 양미간을 찡그렸다.

"아유, 싫다! 밥 먹는데 화장실 얘기야?"

"응."

"내가 남자랑 여자 어느 쪽 화장실에 가는지 묻는 거지?"

"그래."

"그런 건 묻지 않아도 뻔하잖아."

"하긴, 몸은 남자니까."

히비키는 고개를 끄덕거렸다.

"잠깐."

형은 히비키 얼굴 앞에 손가락을 들고 말했다.

"뻔하지, 여자 화장실에 가지!"

"뭐, 여자 쪽?"

"그래, 이래 가지고 남자 화장실에 들어가면 사람들이 놀라잖아."

"그럴까?"

"잘 들어 봐. 히비키 넌 가족이니까 내가 남자라는 걸 아는 거야. 그러니까 남자로밖에 안 보이지. 그렇지만 모르는 사람이 보면 여자라고 생각해."

"그럴까?"

히비키는 의심스러운 눈길로 형을 쳐다보았다. 형은 자신 있게 고개를 끄덕였다.

"그렇다니까."

아빠는 열한 시가 넘어서야 들어왔다. 얼굴이 빨갛지는 않았다. 오늘은 술을 마시지 않은 모양이다. 히비키는 엄마가 친구 집에서 자고 온다는 말을 전했다.

"그래?"

아빠는 그렇게 대답하고는 털썩 소파에 앉았다. 엄마가 친구 집에서 자고 오는 일은 거의 없었지만 아빠는 더 이상 아무 말도 하지 않았다.

"아빠, 저녁 드셨어요?"

"회사에서 야식 먹었다. 히비키 넌 뭐라도 먹었냐?"

"형이 해 줘서 먹었어요."

아빠는 그 말에는 대꾸하지 않았다. 천장을 올려다보고 깍지낀 두 손을 눈 위에 얹었다. 피곤에 지친 표정이었다. 가까이에서 보니 흰머리도 얼굴의 주름살도 갑자기 늘어난 것 같았다. 친구들과 시끌벅적하게 스트레스를 풀고 있을 엄마를 생각하니 아빠가 불쌍해졌다. 아무리 성실하고 일을 좋아한다 해도 밤늦게까지 회사에 남아 일하는 것으로 스트레스가 풀리지는 않을 것이다.

여자보다 남자가 손해 아닐까. 혹시 형은 남자가 손해를 보니까 여자가 되고 싶어하는 것일까. 문득 그렇게 생각했지만, 형이 여자가 되고 싶어하는 것은 전혀 다른 이유일 것이라고 금세 생각을 바꿨다. 히비키는 부엌으로 가서 형이 준비해 준 찻주전자에 물을 따라 찻잎을 넣어서 아빠에게 가져갔다.

"고맙구나."

아빠가 웃었다.

"그럼 난 잘게요."

살그머니 거실을 나가려고 하는데 아빠가 나직이 물었다.

"학교는 어떠냐."

히비키는 멈춰 서서 자기 발끝을 뚫어지게 바라보았다. 아빠는 잠자코 히비키의 대답을 기다렸다. 지금 이 분위기라면, 다른 애들보다 공부를 못해서 고민하고 있다고 털어놓으면 혹시 들어줄까? 그렇다, 들어줄지도 모른다.

"꽤…… 어려워요."

히비키는 한숨과 함께 토해 내듯이 말했다.

"무슨 대답이 그러냐."

아빠는 한마디 했다.

"정신 똑바로 차려라. 이제부터 시작이야."

단번에 몸에서 힘이 쑥 빠져 나갔다.

"알아요."

히비키는 축 늘어져서 2층으로 올라갔다.

중간고사 기간이다. 중학생이 되어 처음 치르는 정기 시험이다. 지금까지 뒤처졌던 부분을 단번에 만회하고 싶었지만 그렇게 간단한 문제가 아니다.

첫날 시험이 끝나고 밤중에 책상에 앉아 있는데, 히비키는 초조하여 견딜 수가 없었다. 다음 날 치를 시험 공부에 집중하려 했지만 할 수가 없었다.

히비키는 공책을 방바닥에 내팽개치고는 책상에 푹 엎드렸다.

'어느새 이렇게 망가진 인간이 돼 버렸어.'

이렇게 될 바에는 차라리 집 근처에 있는 보통 중학교에 갈 걸 그랬다. 그랬으면 공부하지 않고도 지금보다 훨씬 좋은 성적을 얻을 것이다. 모리 같은 애들이랑 농구나 하면서 신나게 지낼 것이다. 뭐 하러 시험까지 치르고 이런 학교에 들어온 걸까.

이제 중학교에 갓 입학했는데 이 정도라면 앞으로는 어떻게 될까. 정말 고등학교 졸업할 때까지 늘 기죽은 채로 이 학교에 계속 다녀야 하나.

온몸의 구멍이란 구멍에서 분노의 눈물이 흘러나온다. 너무 한심해서 몸이 후들거린다.

눈을 들자 창 밖으로 마당이 보였다. 울타리 밖의 길도 보였다. 집 앞에 서 있는 가로등 불빛에 주위가 어슴푸레하게 보였다.

히비키는 방을 나가서 살금살금 계단을 내려가 현관문을 열었다. 울타리 맨 끝까지 가서 벽돌색 도자기 화분을 들어올렸다.

그 때, 집 앞길에 이쪽으로 걸어오는 사람이 보였다.

이런!

히비키는 놀라서 화분을 내려놓고 울타리 그늘에 숨듯이 웅크리고 앉았다.

걸어온 사람은 형이었다. 산책하고 오는 길인 모양이었다. 형은 조용히 문을 열더니 흠칫 놀라 히비키를 바라보았다.

"여기서 뭐 하고 있어?"

형이 다가와서 조그맣게 물었다.

히비키는 재빨리 일어났다.

"공부하다가, 그게 뭐냐, 그러니까 기분 전환."

"아, 그래? 나는 밤 산책 하고 오는 길이야."

형은 상냥하게 말했다. 히비키는 그대로 서 있었다.

"집에 안 들어갈래?"

형은 아무 낌새도 못 챈 모양이었다. 형이 히비키의 어깨에 다정하게 손을 얹었다.

"들어가자. 공부는 이제 그만 해. 푹 자 두는 게 좋겠다."

중간고사가 끝나고 첫 특활 시간이었다.

셋은 중간에 돌아가 버리고, 오사노라는 부원과 히비키 둘만 남게 되었다.

그래도 좋았다. 오사노는 반은 다르지만 같은 학년이고, 클래식 이외의 CD를 가장 많이 갖고 있는 부원이다. 오래 이야기해 본 적은 없지만 마음이 안 맞을 것 같지는 않았다.

히비키는 오사노와 각자가 좋아하는 밴드 이야기를 하며 이야기꽃을 피웠다. 혹시 담배를 피우는 게 이 녀석일까? 이런저런 이야기를 하다 보면 알 수 있을까? 그런 기대로 히비키의 가슴은 부풀었다.

노크 소리가 났다.

오사노가 문을 열었다.

"후토시, 기다리고 있었어."

히비키가 어안이벙벙하여 문 쪽을 보니 후토시가 서 있었다.
오사노가 히비키를 보며 말했다.
"지난번에 후토시가 음악실 앞을 왔다 갔다 하더라고. 그래서 내가 말을 붙였지. 부원이 한 명이라도 더 늘어나면 그만큼 활동비도 많이 받을 수 있거든. 어때, 대환영이지?"
히비키는 잠자코 매서운 눈초리로 후토시를 바라보았다. 자기에게는 말 한마디 없이 몰래 들어올 작정이었단 말인가. 그렇게 생각하자 뱃속에서 분노가 끓어올랐다.
고개를 떨구고 있던 후토시가 눈을 치켜뜨고 히비키를 흘긋 보더니,
"으응, 근데 아직 들어가기로 결정한 건 아니야. 오늘은 일단 구경 삼아……."
하고 변명하듯이 말했다.
"알아. 아 참, 히비키랑 같은 반이지? 그럼 들어오면 좋겠다."
오사노는 "안 그래?" 하고 동의를 구하듯 웃는 얼굴로 히비키에게 물었다.
"어? 그래. 그래도 강제로 들어오라고는 못 하지."
오사노가 음악부에 대해 설명하자 후토시는 진지한 얼굴로 고개를 끄덕이며 한마디 한마디 귀기울여 들었다. 대강 설명이 끝나고 실제로 레코드판 한 장을 올려놓고 들었다.
"그럼 후토시, 들어올지 말지는 당장 결정하지 않아도 되지

만 들어올 거면 음악 선생님한테 신청서 내."

"알았어."

후토시는 만족스러운 얼굴이었다.

이런 얼굴이라면 틀림없이 들어올 거다. 후토시가 들어오면 그만둬야지. 히비키는 그렇게 마음먹었다.

셋이서 음악실을 나왔다. 히비키와 오사노가 앞장서고, 뒤에서 후토시가 따라가는 모양새가 되었다.

복도 중간에서 갑자기 오사노가 멈춰 섰다.

"참, 깜빡 잊을 뻔했다. 너한테 물어 볼 게 있었는데."

오사노는 주머니에서 종잇조각을 꺼내 히비키에게 보여 주었다.

"여기에 소개된 이 콘서트, 같이 안 갈래? 아까 말하려고 했는데, 너 이런 거 꽤 좋아하지 않아?"

음악 잡지를 오려 낸 것이었다. 전에 후토시가 말한 바로 그 콘서트였다.

"아, 그거."

뒤에서 후토시의 놀란 목소리가 들렸다. 히비키는 재빨리 오사노를 보고 씽긋 웃었다.

"좋아, 가자. 나도 가고 싶었어."

후토시가 "저어." 하며 조심스럽게 히비키의 등을 찔렀다.

"왜?"

히비키가 돌아보았다.

"그거, 내가 지난번에 말했던 거지?"

"무슨 말이야?"

히비키는 시치미를 뚝 뗐다. 후토시는 알 수 없다는 표정이었다.

"어어, 그러니까, 표 살 돈도 내가 빌려 줬고……."

"아아, 그 돈?"

히비키는 가방 주머니에서 꼬깃꼬깃하게 구겨진 천 엔짜리 지폐 여섯 장을 꺼냈다.

"오랫동안 정말 고마웠다. 근데 어쩌나, 한 번도 안 썼거든."

히비키는 통통하게 살이 오른 후토시의 손에 꼬깃꼬깃한 지폐를 억지로 쥐여 주었다.

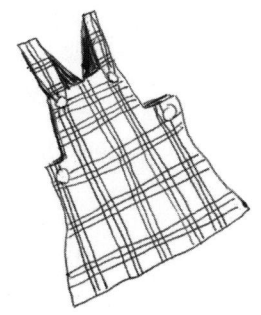

집에 오는 길에 자전거를 타고 강변길을 달리는데 사이렌 소리가 바람을 타고 흘러왔다. 어디에서 들려오는 걸까. 히비키는 속도를 줄이고 둘러보았다.

강 건너편을 보았다.

나란히 서 있는 두 공장 가운데 오른쪽 공장에서 노란 연기가 건물을 감싸듯 피어오르고 있었다. 히비키는 자전거를 멈췄다. 거기에서 나는 사이렌 소리가 강을 건너 들려오는 모양이었다.

두 공장은 분명 같은 회사 공장이다. 한쪽 공장에서는 여자 스타킹을 만들고, 또 한쪽 공장에서는 남자 양말을 만든다. 초등학교 사회 시간에 양말 공장으로 견학 가서 본 적이 있었다.

양말 공장 굴뚝은 양말을 거꾸로 세워 놓은 것처럼 보인다. 어렸을 때 그렇게 들었다. 그러고 보니 불이 난 곳은 양말 공장이었다.

양말 공장에는 위험한 것이 별로 없을 것이다. 그러니 산산조각이 나서 주위로 퍽퍽 튈 만한 거대한 폭발은 기대할 수 없다. 히비키는 실망스러웠다.

"히비키."

뒤에서 목소리가 났다. 돌아보니 형이었다. 형은 하얀 블라우스에 회색 점퍼스커트를 입고 머리는 뒤에서 땋아 내렸다. 형이 대낮에 밖에 나온 것은 드문 일이었다.

"엄마는 오늘도 점심 먹고 나갔어. 늦게 온대. 왠지 나를 피하는 것 같아. 그래서 오늘도 내가 저녁 식사 당번이야."

형은 손에 들고 있는 슈퍼마켓 비닐 봉지를 들어 보였다.

집 밖에 나와 햇빛에서 보니 형은 역시 '여자처럼 꾸민 남자'로 보였다. 그렇다고 수염을 깎은 자국이 보이는 것은 아니다. 화장이 진한 것도 아니다. 다만 자연의 빛 속에서 보니 인공적인 거짓이 드러난 것이다. 그런 생각이 들었다.

형이 강 건너편을 보았다.

"불이 났네."

"응."

"저 두 공장, 무슨 공장이었더라?"

"양말 공장이랑 스타킹 공장."

"맞아, 그랬지."

형은 기억이 나는지 손뼉을 쳤다.

"그럼 양말 공장에 불이 난 거네. 굴뚝이 거꾸로 서 있는 양말 모양이니까. 어릴 때 그렇게 들었거든."

취수탑 옆에 이르자, 형은 둑 밑으로 내려가 마른 잔디 위에 슈퍼마켓 봉지를 내려놓고 앉았다.

"너도 좀 앉아."

"어엉."

"불구경하고 싶지?"

"으, 으응."

히비키는 망설이다가 자전거를 세우고 둑을 내려가 형과 조금 떨어져 앉았다.

"미안하다."

형이 불쑥 말했다.

"실은 너한테 진지하게 사과하려고 했어. 요즘 계속 집안 분위기가 썰렁하잖아. 그게 다 내가 집에 돌아왔기 때문에 그렇다는 거 알아. 진짜 미안하다. 3주 다 채우지 말고 얼른 가 버렸으면 좋겠지?"

히비키는 분명 마음속 어딘가에서 줄곧 그러기를 바라고 있었다. 그런데 그것을 분명하게 말로 들으니 어떻게 대답해야 할지 망설여졌다.

"처음에 그렇게 약속했으니까, 휴가 기간 동안 잘 지내면 되는 거 아냐?"

히비키가 나직이 말하자, 형은

"고마워."

하고 싱긋 웃었다.

"뭐, 이제 일주일밖에 안 남았으니까 예정대로 그냥 있을게."

어느덧 사이렌 소리는 끊겼지만, 연기는 머리를 뒤로 젖히고 쳐다봐야 할 정도로 하늘 높이 퍼져 올라갔다.

형은 고개를 젖히고 연기를 보았다.

"난 옛날에, 여기 자주 와서 앉아 있곤 했어."

"으응."

"집에 있으면 가끔 숨이 막혀서 견딜 수가 없었거든."

"숨이 막혔어?"

"우리 엄마랑 아버지는 뭐랄까, 자식을 사정없이 다그치는 구석이 많잖아. 본인들은 깨닫지 못하고 그러는지 모르지만, 자기들이 원하는 자식의 모습만 보고 싶어하는 것 같거든."

형도 자기와 같은 답답함을 느꼈단 말인가. 그렇게 생각하자 히비키는 기분이 이상했다.

하지만 생각해 보니 당연했다. 형은 집에서 벗어나기 위해 가출했으니까.

"특히 히비키 네가 태어나기 전까지 12년 동안 난 외동아이나 마찬가지였고, 엄마랑 아버지한테 포위되어 있는 것 같아서 항상 숨이 턱턱 막혔어."

형은 크게 한숨을 내쉬었다.

"그런데…… 엄마랑 아버지는 하나도 안 변했어. 조금은 변했을까 싶어서, 아니, 꽤 기대하고 집으로 돌아왔거든. 아버지가 술 취해서 나한테 고함쳤을 때, 그제야 마주 대해 주나 싶었는데. 하지만 얘기는 금세 끝나 버리고 다시 무시하잖아. 그래도 오히려 아버지 쪽이 나은 것 같아. 엄마는 나를 겉으로만 받아들이는 척할 뿐, 실은 나에 대해 생각하는 것조차 거부하고 있으니까 말이야."

형은 전부 알고 있었던 것이다. 알면서도 집에 있는 것이다.

"숨막히는 우리 집이랑 형의 그런 모습이랑 관계 있어?"

"아니, 전혀. 엄마 아버지가 숨막히게 했다고 해서 이런 삶을 즐기는 건 아냐. 난 본능적인 것 같아. 하지만…… 내가 이런 모습이라서 집이 더 숨막혔을지도 모르겠어. 그런 엄마 아버지가 절대 이해해 주지 않을 것 같으니까, 가출이든 뭐든 해서 하루라도 빨리 집을 나가려고 했던 거지. 내가 하는 말, 이해하겠니?"

히비키는 고개를 끄덕였다.

"그런데 왜 돌아왔어?"

만일 자기가 집을 나간다면 절대 돌아오지 않을 것이다.

형은 진지한 표정으로 히비키를 바라보았다.

"왜 돌아온 것 같아?"

"모르겠어."

히비키는 고개를 저었다.

형은 다시 눈을 가늘게 뜨고 공장을 쳐다보았다. 이제 연기는 나오지 않는다. 먼저 올라간 연기가 한 덩어리가 되어 공중에서 떠돌고 있다.

"갈까?"

형은 일어서서 치맛자락을 털었다.

강변길을 돌아서자 모리의 모습이 보였다.

"야!"

히비키가 손을 들자 모리도 손을 들었다.

"요즘 자주 만난다. 특별 활동은?"

"오늘은 안 해. 선생님이 연수회에 간다나. 진짜 제멋대로라니까."

모리는 히비키와 함께 멈춰 선 형을 힐끗 쳐다보더니, 곧 "앗!" 하고 고개를 갸웃거렸다.

히비키는 가슴이 철렁 내려앉았다.

모리하고는 유치원 때부터 함께 다녔다. 모리는 히비키에게 형이 있는 것도 알고 있다. 유치원 때, 집에 놀러 와서 만난 적도 있을 것이다. 히비키의 형이 가출한 것도 알고 있다. 혹시 이 사람이 형이라는 걸 눈치챘을까.

형은 걷기 시작했다. 얼굴을 꼿꼿이 들고 히비키 옆을 쓱 스쳐 지나갔다.

"모리, 강 건너 공장에 불난 거 알아?"

히비키는 모리의 관심을 다른 데로 돌리려고 물었다. 모리는 지나쳐 간 형의 뒷모습을 아직도 물끄러미 바라보고 있었다.
 "으응, 알아. 남자 공장이지?"
 "남자 공장……?"
 "잊어버렸어? 옛날부터 양말 공장을 남자 공장, 스타킹 공장을 여자 공장이라고 했잖아."
 "그랬나."
 "그래, 남자 공장이 화재가 나서 못쓰게 됐어."
 모리는 히비키를 보고 히죽 웃었다.

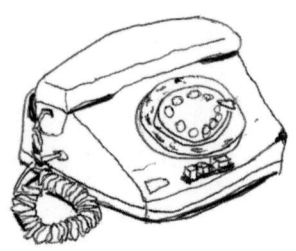

월요일, 학교에 가자 평소와 느낌이 달랐다. 후토시가 다가오지 않았다.

교실을 둘러보니 후토시는 뒤쪽 사물함에 기대어 서 있고, 바로 옆에 호리베와 와키타가 서 있었다. 어울리지 않는 조합이었다. 후토시는 히비키 이상으로 호리베와 와키타를 싫어하고 있을 터였다.

히비키가 앞쪽으로 몸을 돌리려는 순간, 후토시와 눈길이 마주쳤다.

후토시가 히비키를 보는 눈은 평소의 친근함을 담은 눈길이 아니었다. 두툼한 커튼이 가로막고 있는 듯한 차가운 눈빛이었다. 옆에 있는 호리베와 와키타도 히비키를 보자 소곤소곤 이야기하기 시작했다. 둘은 사냥감을 발견했을 때처럼 사나운 눈초리를 하고 있었다.

오전 수업이 끝나자, 히비키는 후닥닥 급식을 먹고 음악실에 가려고 일어섰다.

히비키의 책상에 그림자가 떨어졌다.

얼굴을 들자 눈 앞에 호리베가 서 있었다. 호리베는 주머니에 손을 찔러 넣고 히죽거리고 있었다.

"무슨 일이야?"

히비키는 불안했다.

"뭐, 게이 형님 잘 계시나 싶어서 말이야."

심장이 멎는 것 같았다. 히비키는 침을 꼴깍 삼켰다.

"무슨 말이야?"

"몰라서 묻냐? 네 형 말이잖아."

"무슨 말을 하는 거야. 나한테 형 같은 거 없어."

"숨기지 마. 와키타가 미나미 초등학교 나온 모리한테서 들었다는데 뭘 그래."

호리베는 옆에 있는 와키타를 보았다.

"그렇지, 와키타? 네가 모리라는 애한테서 직접 들었지?"

와키타가 고개를 끄덕였다.

"나 지금 모리랑 같은 학원에 다니걸랑. 그 자식이 그러더라. 히비키가 금요일에 게이 형이랑 함께 걸어갔다고."

역시 공장에 불이 난 날이었다. 어떡한다지. 히비키는 머리가 혼란스러웠다.

"무슨 말을 하는 거야! 그런 형 같은 건 없다니까."

히비키는 악착같이 부정했다.
"괜찮아, 숨기지 말라니까 그러네."
호리베는 히죽히죽 웃었다.
그러고 보니 히비키 뒤에 후토시가 서 있었다.
"넌 왜 거기 있는 거야?"
히비키는 화가 치밀어 엉겁결에 후토시를 노려보았다. 허둥댈 줄 알았던 후토시가 히비키를 마주 노려보았다. 파르스름한 흰자위가 번쩍번쩍 빛나는 것 같았다.
"이 자식, 만날, 거짓말만, 해."
후토시는 내뱉듯이 띄엄띄엄 말했다. 히비키는 귀까지 화끈 달아올랐다.
"뭐!"
히비키가 고함쳤다.
교실이 물을 끼얹은 듯 조용해졌다. 제각각이던 교실 안 아이들의 눈길이 둘에게 모아졌다. 한순간이었다. 모두들 금세 흥미 없는 얼굴을 하고 하던 동작으로 되돌아갔다. 차가운 바람이 히비키의 몸 속을 스윽 스쳐 지나갔다. 당장이라도 마음속에서 뭔가가 소리칠 것 같았다.
"네 단짝 친구 후토시가 너더러 거짓말쟁이라잖아. 역시 게이 형이 있는 거야."
호리베가 실실 웃으며 말했다.
"게이 동생이면 역시 게이 아닌가?"

히비키는 호리베에게 한 방 먹이려고 주먹을 휘둘렀다. 호리베는 슬쩍 몸을 피하더니 복도로 뛰어나갔다. 와키타와 후토시도 그 뒤를 따라갔다. 히비키는 셋을 뒤쫓기 시작했다.

호리베 무리는 햇볕을 쬐고 있는 순한 양 같은 학생들 사이를 누비며 복도를 뛰어갔다. 히비키는 귓속에서 콸콸 피 소리가 나고 머릿속 핏줄이 터질 것만 같았다.

계단까지 오자 호리베와 와키타는 아래로 내려갔다. 후토시는 무슨 생각을 했는지 혼자서 위쪽으로 올라갔다.

히비키는 후토시를 뒤쫓아갔다.

후토시는 계속 뛰어 올라가고, 히비키는 죽자 사자 쫓아갔다. 상급생이 "뛰지 마!" 하고 고함치는 소리가 귓가에 스쳤다.

후토시는 점점 속도가 줄어들고 있었다. 2층에서 3층으로, 3층에서 4층으로. 후토시가 헉헉대며 숨을 몰아쉬고 있었다. 바로 앞에 후토시의 등이 있었다.

4층 다음은 옥상이다. 계단은 옥상으로 나가는 문 앞에서 끝난다.

후토시는 옥상 문까지 가더니 다급하게 문손잡이를 쩔그럭쩔그럭 돌렸다. 하지만 자물쇠가 채워져 있어서 옥상으로 나갈 수 없었다.

'후토시, 너 이제 끝장이다. 와들와들 떨겠지?'

히비키는 후토시에게 바싹 다가가며 생각했다.

그러나 후토시는 기죽지 않았다. 문 여는 것을 포기하고는 히비키를 돌아보았다.

"쳐 봐!"

후토시가 덤빌 듯이 말했다.

"내 뒤만 쫓아올 줄 알았어. 너도 결국 호리베 같은 자식들이랑 다를 게 없어. 만만한 상대나 공격하고."

"무슨 말이야. 무슨 공격을 했다고 그래?"

"나를 무시하고 있잖아. 넌 겉모습으로 사람을 차별하는 자식이야. 알맹이를 보지 않으려는 자식이라고! 나를 무시하는 거 처음부터 다 알고 있었어."

히비키는 대꾸할 말을 꾹 삼켰다. 예리한 칼날이 가슴을 찌르는 것 같았다.

"게이 형이 진짜 있는지 없는지 내가 알게 뭐야. 치고 싶으면 쳐 봐!"

후토시는 고함을 치고는 눈을 번뜩이며 히비키를 노려보았다.

"치고 싶지? 어디 쳐 봐!"

이런 후토시가 지금까지 어디에 숨어 있었을까. 히비키의 몸속 저 밑바닥에서 까닭을 알 수 없는 분노가 솟구쳐 올라왔다.

히비키는 후토시의 턱을 향해 주먹을 날렸다. 퍽 하고 살을 치는 둔탁한 소리가 났다. 후토시는 벌러덩 나자빠졌지만 바로 일어났다. 후토시의 코에서 피가 한 줄기 흘렀다.

"이 자식이!"

후토시는 몸을 움츠리고 덤벼들었다. 후토시의 머리가 히비키의 배에 정면으로 파고들었다. 순간, 숨을 쉴 수가 없었다. 후토시의 몸을 간신히 밀어 내고 배고 다리고 할 것 없이 닥치는 대로 주먹을 휘둘렀다. 후토시는 손으로 머리를 감싸고 소리쳤다.

"나를 무시하지 마! 무시하지 말라고!"

후토시는 얼굴이 새빨개져서 일어났다. 동시에 온몸의 힘을 실어 히비키의 어깨를 들이받았다.

"앗!"

갑작스러운 공격에 히비키는 등부터 계단으로 굴러 떨어져 한순간 공중에 붕 떴다. 그러고는 바로 층계참 벽에 부딪혔다.

정신을 잃은 것은 아주 짧은 시간 동안이었다. 하지만 그 사이에 후토시는 사라지고 없었다. 대신 3학년생 여럿이서 히비키를 둘러싸고 있었다.

"괜찮니?"

"지금 선생님 모시러 갔어."

곧바로 남자 선생님이 와서 히비키를 둘러업고 양호실로 옮겼다.

30분 정도 양호실 침대에 누워 있었다. 하얀 옷을 입은 나이든 학교 의사가 히비키의 머리를 살펴본 뒤 증상을 자세히 물었다.

"아마 괜찮을 거야. 걱정되면 일단 병원에 가서 엑스레이 사진을 찍어 보는 게 좋겠다."

"고맙습니다."

히비키는 침대에 누운 채 말했다.

양호실은 조용했다. 의사와 히비키 말고는 아무도 없었다. 다른 침대 하나는 비어 있었다.

의사는 등을 돌리고 책상에 앉아 차트를 썼다.

"너, 계단에서 굴렀다는데 사실은 싸운 거지?"

의사는 펜을 움직이면서 말했다. 히비키는 움찔 놀랐다.

"아, 아니에요."

"숨기지 않아도 돼. 담임한테는 말하지 않을 테니까. 옷이 더러워진 걸 보면 다 안다. 나도 옛날에는 어지간히 싸웠거든."

의사는 손을 멈추고 히비키를 돌아보았다. 주름살에 둘러싸인 따스한 두 눈동자가 히비키를 바라보고 있었다.

"솔직히 이 학교에도 싸우는 학생들이 있다니 안심이 되더구나. 서로 자꾸 부딪칠 때는 한 번은 싸우는 게 좋단다. 그렇게 하는 편이 서로를 빨리 알 수 있지. 좀 다치면 어떠냐."

의사는 말을 마치고 다시 차트를 작성하기 시작했다. 히비키는 의사의 새하얀 등을 뚫어지게 쳐다보았다.

한참 뒤, 연락을 받은 학급 회장이 교실에서 히비키의 짐을 챙겨 가지고 양호실로 왔다.

"고맙다."

히비키는 몸을 일으켜 가방을 받아들었다.

"그럼, 조심해."

학급 회장은 바로 교실로 돌아가려고 했다.

"잠깐만. 후토시는 어때?"

"어떠냐니? 후토시는 벌써 집에 갔어. 점심시간 끝나기 전에 조퇴했는데. 아무도 만난 사람이 없어서 잘 모르지만, 갑자기 몸이 안 좋아졌대."

"으응, 조퇴했구나."

학급 회장은 순간 뭔가 생각하는 듯하더니 비스듬히 히비키를 바라보았다.

"참, 점심시간 시작되자마자 호리베랑 말싸움하는 것 같던데, 혹시 후토시가 조퇴한 거랑 네가 계단에서 구른 거랑 상관 있는 거니?"

"아니, 별로."

히비키는 얼버무렸다.

"그래? 뭐, 상관없어."

학급 회장은 돌아서서 재빨리 양호실을 나갔다.

조퇴하고 돌아오니 집에는 아무도 없었다. 부엌 메모판에는 엄마 글씨로 '허브 요리 교실'이라고 써 있었다. 형도 장을 보러 나갔는지 없었다.

"꼭 병원에 가 봐라. 만약 무슨 일이 생기면 큰일이니까."

조퇴하려고 교무실에 가자 담임은 그렇게 신신당부했다. 하지만 병원에 갈 생각은 없었다. 머리도 아프지 않고 기분도 나쁘지 않다. 등만 조금 아플 뿐이다.

히비키는 방에 들어가자마자 침대에 벌러덩 드러누웠다.

'나를 무시하지 마! 무시하지 말라고!'

후토시의 목소리가 들려왔다.

히비키는 분명 후토시를 줄곧 무시해 왔다. 후토시는 그것을 알고 있었던 것이다. 히비키가 말로 하지 않아도, 얼굴에 드러내지 않아도, 처음부터 히비키의 마음을 알고 있었다. 그러면서도 히비키와 함께 다녔던 것이다. 그렇게 생각하자 얼굴이 화끈 달아올랐다. 자신이 부끄러웠다.

'후토시랑 이야기해야 돼.'

지금 멋쩍다고 후토시와 이야기하지 않으면 더욱 멋쩍어질 것이다. 더 감당할 수 없게 된다.

히비키는 몸을 일으켜 책상 서랍에서 학급 주소록을 꺼냈다. 거실로 내려가 전화기 앞에 섰다.

맨 처음 발신음이 채 끝나기도 전에 저쪽에서 전화를 받았다.

"여보세요. 스카가와입니다."

수화기에서 나이 든 여자 목소리가 들려왔다. 히비키는 숨을 삼켰다. 틀림없이 후토시의 할머니일 것이다.

"저어……."

"네?"

"저 히비키라고 하는데요, 후토시 있어요?"

"그래 그래, 후토시 말이구나. 잠깐 기다려라."

수화기를 놓는 소리에 이어 대기 중 멜로디가 울렸다. 후토시는 좀처럼 전화를 받지 않았다.

한참 뒤,

"여보세요, 오래 기다렸지?"

하고 아까와 같은 목소리가 들렸다.

"미안하지만, 후토시는 몸이 안 좋아서 전화를 받을 수 없다는구나."

"역시, 몸이 안 좋군요."

"아니 아니, 보기에는 그렇지도 않은 것 같은데 본인이 아프다면서 방에서 나오지를 않아."

"그럼 됐어요. 다시 전화하겠습니다."

"일부러 전화해 주었는데, 미안하구나."

후토시의 할머니는 진심으로 미안한 듯이 말했다.

후토시가 할머니에게 돈을 빌리면서 히비키의 이름을 말하지 않았을까. 히비키라고 이름을 밝혔는데도 후토시 할머니의 목소리는 부드러웠다. 히비키는 다시 얼굴이 화끈 달아올라 자기 볼을 세게 때렸다.

그 날 밤, 히비키는 좀처럼 잠을 이룰 수가 없었다. 겨우 잠이 들었나 싶었는데 다시 깼다. 시계를 보니 새벽 두 시였다.

깜깜한 천장을 바라보고 있는데 밖에서 뭔가 질질 끄는 듯한 소리가 났다. 잠깐 귀기울여 보니 이번에는 울부짖는 듯한 소리도 들렸다. 아무래도 현관 근처에서 소리가 나는 것 같았다.

히비키는 살그머니 계단을 내려갔다. 1층의 불은 모두 꺼져 있고 쥐 죽은 듯 조용했다. 현관 쪽으로 가서 문에 살짝 귀를 대 보았다. 문 밖에서 신음 소리가 들렸다.

히비키는 침을 꿀꺽 삼키고 문손잡이를 돌려 보았다. 잠겨 있지 않았다.

손잡이를 천천히 돌리고 밖으로 나갔더니, 바로 문 옆 벽에 형이 몸을 기대고 있었다.

형의 하얀 블라우스는 군데군데 더러워져 있었다. 어깨에서 가슴까지 피가 점점이 떨어져 있고 치마도 흙투성이였다. 뒤로 땋아 내린 머리는 어지럽게 헝클어져 얼굴을 뒤덮었고, 오른쪽 눈꺼풀이 찢어져 가늘게 피가 흐르고 있었다.

"형, 왜 그래?"

형은 히비키를 올려다보더니 힘없이 손가락을 입에 갖다 댔다.

"조용히 해. 엄마 아버지 깨실라."

형은 손을 짚고 일어나면서 비틀거렸다. 히비키는 놀라서 형의 겨드랑이에 손을 넣고는 살그머니 문을 열고 형을 현관으로 끌어들였다. 집 안은 조용했다. 엄마 아빠는 눈치채지 못

한 것 같았다.

히비키는 형을 현관에 앉히고 진흙투성이가 된 구두를 벗겼다. 형을 부축해서 천천히 계단을 올라갔다. 몸에 힘을 주었더니 낮에 부딪힌 등이 아팠다.

방에 들어가자 형은 무너지듯이 털썩 주저앉았다.

히비키는 서둘러 다시 아래층으로 내려갔다. 살그머니 거실로 들어가 수납장에서 구급상자를 꺼내 가지고 형 방으로 돌아왔다.

"대체 어떻게 된 일이야?"

히비키는 밖에 들리지 않도록 나직이 물었다. 형은 히비키에게서 소독 거즈를 받아들고 눈두덩을 눌렀다.

"산책 나갔었어."

"산책 나갔는데, 왜 이렇게 진흙투성이가 돼서 온 거야? 넘어졌어?"

히비키는 다시 새 거즈를 꺼내 형에게 주었다.

형은 말없이 거즈로 얼굴의 피와 더러운 얼룩을 천천히 닦았다. 화장은 진작에 지워져 얼룩이 져 있었다. 거즈로 닦자 화장이 다 지워져서 거의 맨얼굴이 되었다.

문득 히비키의 가슴에 이상한 느낌이 밀려왔다.

지금 바로 앞에 있는 것은 머리를 기른 남자가 진흙투성이가 된 치마를 입고 있는 모습이다. 오른쪽 눈두덩이 조금 부어오르긴 했지만, 예전의 형이 그대로 나이를 먹은 모습이었다.

하지만 그리움이 느껴지지는 않았다. 오히려 화장하고 있는 쪽이 형답다는 생각이 들었다.

형은 화장이 완전히 지워진 것을 모르는지 멍하니 있었다.

"정말 무슨 일이 있었던 거야?"

히비키는 다시 한 번 물었다.

형은 대답하지 않았다. 방은 웅 하는 귀울음까지 들릴 정도로 조용했다. 집 안에서도 밖에서도 소리 하나 들리지 않았다. 멀리서 구급차 사이렌 소리가 들렸지만, 가까이 오지 않고 금세 작아지다가 이내 사라졌다.

히비키는 고개를 숙인 채 말없는 형을 바라보았다.

'말하고 싶지 않으면 억지로 말하지 않아도 돼.'

눈두덩이 찢어지고 여기저기 흙이 묻긴 했어도 많이 다치지는 않은 것 같았다. 약을 두고 가면 나중에 혼자서 치료하겠지. 히비키는 그렇게 생각하고 자기 방으로 돌아가려고 일어섰다.

"넌 누구를 좋아한 적 있어?"

형이 나지막이 물었다.

"좋아하는 사람?"

형은 진지한 얼굴로 히비키를 올려다보고 있었다.

히비키는 다시 앉아서, 초등학교 5학년 때 같은 반이었던 여자애를 바로 떠올렸다. 수업이 끝나고 학교 계단 출입구에서 느닷없이 "사귀자."라는 말을 들었다.

그 때, 그 여자애 뒤로 다른 여자애들 여럿이 서로 몸을 밀

치며 이쪽을 쳐다보고 있었다. 특별히 싫어하는 애는 아니었다. 반에서 두 번째 정도 예쁜 애였다. 결국 두세 번 같이 햄버거를 먹으러 갔다. 그뿐이었는데 반에서는 커플이라는 소문이 퍼졌다. 부끄럽기도 하고 좋기도 하고, 아무튼 이상야릇한 기분이었다.

그렇지만 졸업하고 나서는 연락을 받은 적도 없고 먼저 연락을 하지도 않았다. 그 여자애를 좋아하긴 했던 것일까?

히비키는 잠시 생각했다.

"아마…… 아직 없는 것 같아."

"그렇구나."

형은 나직이 대꾸했다.

"내가 이런 나에 대해서 안 건 꼭 너만 할 때였지. 처음으로 좋아하는 사람이 생겨서 알게 됐어. 같은 부서의 선배였거든."

형이 한숨을 내쉬었다.

"그 때 얼마나 무서웠는지 몰라……. 동성을 좋아하게 되다니, 처음엔 내 마음을 믿을 수 없었어. 그런데 그 사람만 보면 어찌나 가슴이 두근거리는지 견딜 수가 없더라. 그 사람에게 내 마음을 전하고 싶었지만 말하지 않았어. 아니, 말할 수 없었지. 나 스스로도 몹시 혼란스러웠으니까. 그런데 나는 은연중에 남자가 좋기만 한 게 아니라 여자처럼 꾸미면 마음이 안정된다는 것도 알게 됐어."

형은 얼굴을 들었다. 두 눈에서 눈물이 쉴새없이 흘러내리고 있었다.

"내가 방심하고 있었던 거야. 밖에 나갔더니 기분이 좋아서, 역까지 슬렁슬렁 걸어갔지. 그런데 역 뒤쪽에 술 취한 남자 둘이 있었어."

"그 자식들이랑 싸웠어?"

"싸움이라도 했다면 그래도 덜 억울하지. 일방적으로 당했어. 틈을 봐서 간신히 도망쳐 온 거야."

형은 분한 듯이 말했다.

"왜 그렇게 당했어?"

형은 고개를 숙인 채 또 말이 없었다.

"며칠 전에 너한테 한 말, 그거 거짓말이야."

무슨 말일까?

"넌 가족이니까 내가 남자로 보이는 거야, 모르는 사람은 영락없는 여자로 봐, 그렇게 말했잖아. 그거 거짓말이야. 모르는 사람이라도 내가 남자인 걸 알아보는 사람이 많아."

"그 자식들이 그랬다는 거야?"

"눈이 마주쳤을 때부터 계속 나를 힐끔힐끔 쳐다보더라고. 그래서 처음부터 위험하다 싶었어. 그랬는데, 갑자기 게이 자식이라고 고함치면서 때리잖아."

"뭐어!"

"순식간에 붙잡혀서 흠씬 얻어맞았어. 틈을 노렸다가 죽어라 도망쳐 왔지. 참 이해할 수가 없다. 왜 그런 거지? 평범하게 살아가고 있을 뿐인데 왜 얻어맞아야 하는 거냐고!"

형은 억울한지 어깨를 들썩이며 흐느껴 울었다. 히비키는 가슴이 콱 막혔다. 무슨 말을 해야 할지 알 수 없었다.

"나 같은 사람이 실제로 있어. 아무리 숨겨도 현실에 존재한다고. 그렇다고 일부러 소리 높여 주장할 생각은 없어. 숨기지 않고 그냥 평범하게 살아가고 싶을 뿐이야."

형은 한참을 울더니 마음을 안정시키려는 듯이 크게 숨을 내쉬었다.

히비키는 새 거즈를 또 한 장 꺼내 형에게 주었다. 형이 얼굴을 들었다.

"고마워."

형은 거즈로 눈물을 깨끗이 닦았다. 그리고 엉킨 뒷머리를 손가락으로 가볍게 풀어 다시 고무줄로 묶었다.

형은 한숨을 후우 내쉬더니,

"참 나, 그래도 분하네."

하고 기운을 내려는 듯 밝은 목소리로 말했다.

"일방적으로 사정없이 당하다니 한심해! 나 이번 일요일에 가는 거 알지? 그 때까지 말끔히 나을까? 진짜 분해서 미치겠네. 당장 그 자식들을 찾아 내서 복수하고 싶어. 나도 진짜 화나면 무섭다고. 그 때는 너도 거들어 줄 거지?"

형은 가느다란 팔로 알통 만드는 시늉을 했다.

"사양하겠어."

히비키가 웃었다.

"나도 오늘 사정없이 당했거든."

"너도?"

"사실은 상대방을 사정없이 때려 주고 마지막에 반격을 당했어."

"학교에서 싸움이라도 한 거야?"

"응. 그렇지만 순전히 내 잘못이야."

"그래서 해결됐어?"

"아니."

히비키는 고개를 저었다.

"하지만 해결할 거야."

형은 고개를 끄덕끄덕했다.

"그런데, 상대방은 안 다쳤니?"

"다쳤을 거야."

"넌?"

"계단에서 굴러서 벽에 등을 부딪혔어. 지금도 좀 아파."

"괜찮아?"

형은 걱정스러운지 미간을 찌푸렸다.

"괜찮아. 근데 아무리 봐도 형이 더 심해."

"그건 그래. 하지만 하는 수 없지. 정말 우리는 사정없이 당하는 브러더스구나."

"시스터스가 아니라?"

"오늘은 너를 봐서 브러더스라고 하지."
형은 어깨를 으쓱해 보이며 웃었다.

이튿날 후토시는 학교에 나오지 않았다. 후토시의 할머니는 괜찮다고 했지만, 사실은 엄청 많이 다친 것은 아닐까. 히비키는 걱정하면서 덩그러니 비어 있는 후토시의 자리를 보았다.
쉬는 시간이 되자 호리베와 와키타가 다가왔다.
"히비키, 후토시가 왜 결석했는지 아냐?"
호리베가 시치미를 뚝 떼고 물었다.
히비키는 호리베를 흘끗 쳐다보았다. 호리베는 신바람이 난 표정이었다.
무시하자. 히비키는 스스로를 타일렀다.
"게다가 너도 어제 계단에서 굴렀다며?"
이번에는 와키타가 물었다. 그러자 호리베가 이죽거리며 조그맣게 말했다.
"끼리끼리 싸웠군."
히비키는 주먹을 꾹 쥐었다. 이런 자식들을 상대해 줘서는 안 된다. 상대해 주면 줄수록 더욱 신이 나서 날뛸 것이다. 그렇게 생각하고 무시한 채 일어서서 밖으로 나가려고 했다.
"게이 형은 잘 있냐?"
"히비키 너도 어서 치마 입어라."
"이봐, 언니!"

호리베와 와키타의 목소리가 잇따라 등 뒤에서 들려왔다.

히비키는 집에 돌아오자마자 곧장 후토시에게 전화를 걸었다. 이번에도 후토시의 할머니가 받았다.
"오늘도 몸이 안 좋아서 못 받겠다는구나."
후토시의 할머니는 난처한 듯이 말했다.
"그래요……?"
"어제도 네가 전화했지? 미안하구나."
"아, 아니에요. 괜찮습니다."
"그럼 이만 끊으마."
후토시의 할머니가 전화를 끊으려고 했다.
"저, 잠깐만요!"
"응?"
"죄송하지만 한 번만 더 말해 주세요! 죄송합니다. 전화 좀 받으라고, 후토시에게 다시 한 번만 말해 주세요."
할머니는 잠시 말이 없었다.
"글쎄, 한 번 더 말해 볼까."
기대는 하지 않았다. 후토시는 분명 히비키의 전화를 받지 않을 작정인 것이다. 그러나 한 번으로는 포기할 수 없다. 얼마나 다쳤는지, 그것만이라도 꼭 물어 보고 싶었다.
한참을 기다리자 마침내 대기 중 멜로디가 멈췄다. 통화 상태가 됐지만 아무 소리도 없었다.

"여보세요?"

히비키가 말했다.

"……네."

알아듣기 힘들 만큼 조그만 목소리였지만 후토시 목소리가 분명했다.

"후토시, 너야?"

"……으응."

히비키는 숨을 삼켰다.

"다친 데는 어때?"

"입술만 찢어졌어. 별거 아냐."

"다행이다."

히비키는 안도의 한숨을 내쉬었다.

"근데, 왜 학교에 안 왔어?"

"……그냥."

"내일은 올 수 있어?"

"……상관없잖아."

"뭐?"

"상관없다고 했어."

후토시는 갑자기 큰 소리로 말했다.

히비키는 수화기를 꾹 쥐었다.

"상관없지 않아."

"거짓말! 무슨 상관이 있다고 그래? 넌 나를 싫어했으면서 이제 와서 무슨 말이야?"

히비키는 눈을 감았다.

"정말 잘못했어. 미안해."

"그렇게 사과할 필요 없어. 어차피 지금도 이상한 얼굴이라고 생각할 거면서. 그래, 이제 분명해졌어."

히비키는 할 말이 없었다.

"이제 나는 설자리가 없어졌어. 우리 반 애들 거의 모두가 입시 로봇이야. 그나마 예외는 호리베 같은 녀석밖에 없어. 이제 지긋지긋해. 그런 학교 같은 데는 그만둘 수밖에 없어."

후토시는 고민을 많이 했는지 단숨에 무겁게 말했다.

"그런 말 하지 말고 학교에 나와."

"말했잖아, 나는 설자리가 없다고!"

후토시는 흥분한 듯이 말했다.

"교실이 싫으면 음악실이라도 좋잖아."

"말은 잘하네. 내가 들어가는 거 싫어했으면서."

"싫어하지 않아."

전화가 툭 끊겼다. 귓속에 뚜뚜뚜 하는 차가운 기계음만 남겨졌다.

히비키가 계단을 올라가는데 방에서 형이 나왔다. 형은 찢어진 오른쪽 눈두덩을 가리려는 듯 앞머리를 반쯤 내리고 있었다. 그것 말고는 특별히 달라진 것은 없어 보였다.

"많이 나왔나 보네."
"네 덕분이야. 그런데 네가 더 기운 없어 보인다."
히비키는 천천히 고개를 저었다.
"아냐."
형은 히비키의 어깨를 가볍게 툭 쳤다.
"괜찮아. 꼭 화해할 수 있을 거야."
그 말을 들으니 히비키는 마음이 놓였다.

"이거, 우편함에 들어 있더라. 어떻게 이럴 수가 있니? 어떻게 된 거야 대체!"

엄마는 봉투와 그 속에 들어 있던 종이를 탁자에 내던졌다.

중간고사 결과였다. 학교에서 보낸 것이다. 히비키는 쭈뼛쭈뼛 종이를 들여다보았다. 예상대로 반에서 최하위권 성적이었다.

"어째서 이렇게 꼴찌 쪽이야? 공부 열심히 하지 않았어?"

아무리 공부해도 도저히 따라갈 수가 없다. 하지만 그 말을 입 밖으로 낼 수가 없었다.

입을 꾹 다문 히비키를 보고 엄마는 초조한지 손톱으로 탁자를 톡톡 두드렸다.

"밤마다 공부하는 것 같더니, 안 했던 거 아냐?"

"했어."

"그럼 어째서 이렇게 된 거야! 역시 유이치가 돌아와서 리듬이 깨진 거야? 내 그럴 줄 알았어. 이렇게 된 이상 한시바삐 내보내야겠다."

"형 때문이 아니야. 형하고는 상관없다고!"

히비키는 자기도 모르게 힘주어 말했다. 엄마는 놀랐는지 히비키를 쳐다보았지만 다시 천천히 눈살을 찌푸렸다.

아빠가 돌아오자 엄마는 곧장 성적표를 아빠에게 보여 주었다. 아빠는 소파에 앉아 성적표를 보더니 얼굴을 잔뜩 찡그렸다.

"뭐냐, 이건."

차가운 목소리였다. 아빠는 고개를 푹 숙이고 있는 히비키를 쳐다보았다.

"어째서 이런 성적이 나왔는지 설명해 봐라."

"……."

"어디, 설명 좀 해 봐!"

"……."

"공부를 안 한 거냐?"

히비키는 세차게 고개를 저었다.

"그럼 성적이 왜 이래?"

"……."

"아무래도 정신을 못 차리고 있는 거 아니냐? 너 정도면 정신만 바짝 차리면 잘할 수 있잖아."

히비키는 대답하지 않았다.

"대답 안 할 거냐?"

아빠는 어이가 없는지 그렇게 다그쳤다.

목이 바짝바짝 탔다. 가장 굴욕적인 말을 꼭 뱉어 내야 한단 말인가.

"……해도 안 돼요."

쥐어짜듯이 말했다.

"거짓말이지?"

엄마가 말했다.

"거짓말 아니야! 다른 애들은 진짜 잘한단 말이야!"

뜨거운 용암이 흘러나와 질척질척 문드러진 것처럼 목이 아팠다.

"무슨 말이야? 그럼 다들 너보다 훨씬 영리하단 말이야?"

히비키는 고개를 끄덕였다. 너무 분하고 비참해서 눈시울이 뜨거워졌다.

한순간, 엄마와 아빠는 서로 얼굴을 마주 보았다.

엄마는 후유 하며 과장되게 한숨을 내쉬었다. 아빠는 성적표를 탁자 위에 탁 내던졌다.

"초등학교 땐 그렇게 잘하더니, 뭐야, 이제야 네 실력이 드러난 거냐?"

그 순간, 히비키의 몸에서 무엇인가가 와르르 무너져 내리는 소리가 났다.

히비키는 거실 커튼을 열어젖히고 맨발로 마당으로 뛰어나 갔다. 단숨에 울타리까지 뛰어가 첫눈에 들어온 화분을 들어 올려 있는 힘껏 길바닥에 내동댕이쳤다. 도자기 화분은 쨍그 랑 하고 깨지고, 꽃은 둘레에 마구 흩어졌다.

"무슨 짓이야!"

거실에서 엄마가 소리쳤다.

"나 지금 장난하는 거 아니야! 내가 했다고!"

히비키는 고함치며 잇따라 울타리의 화분을 바닥에 내동댕 이쳤다.

"그만 해! 그만두지 못해!"

엄마는 계속 소리쳤다. 아빠는 우두커니 선 채 어안이벙벙 하여 히비키를 뚫어지게 바라보았다.

히비키의 몸 구석구석까지 뜨거운 전류가 흐르고 있었다. 머리카락이 하나도 남김없이 바짝 곤두선 느낌이었다.

'모조리 깨뜨려 버리겠어!'

울타리에 있던 화분을 하나도 남김없이 내동댕이치자, 다음 표적은 마당에 있는 화분이었다. 히비키는 조그만 나무가 심 겨져 있는 도자기 화분을 들어올렸다. 그리고 있는 힘껏 떨어 뜨렸다. 화분은 쩡 하고 둔탁한 소리를 내더니 두 쪽으로 딱 갈 라졌다. 플라스틱 화분은 베란다 콘크리트 바닥에다 내동댕이 쳤다. 주위에 꽃과 흙이 마구 흩어졌다.

"그만 해! 그만두지 못해!"

엄마의 목소리는 어느새 울음소리로 변해 있었다.

아무 생각도 할 수 없었다. 이제 멈출 수가 없었다.

모든 게 끝장이다. 그 생각만이 머릿속에서 뱅뱅 맴돌았다. 히비키는 핏발 선 눈으로 마당을 둘러보며 화분을 하나도 남김없이 모조리 깨뜨렸다.

마지막 화분을 들었을 때였다.

"그만 해."

갑자기 뒤에서 강한 힘이 손을 붙잡았다. 히비키는 반사적으로 뿌리치려고 했지만 더 강한 힘에 붙들렸다.

"이제 그만 끝내!"

돌아보니 형이었다. 히비키는 형의 손을 뿌리쳤다.

"방해하지 마! 형도 숨막힌다고 했잖아. 나도 그렇단 말이야. 숨이 막혀 견딜 수가 없다고! 형은 이해할 수 있잖아!"

히비키가 다시 마지막 화분을 들어올리려고 했다. 형이 다시 손을 붙잡았다.

"이해하니까 그러지! 이해하니까 이제 그만두라는 거야."

"형은 몰라. 저런 사람들이 소중히 여기는 것 따위 산산조각으로 부숴 버려야 돼. 이런 엄마 아빠는 죽어 버렸으면 좋겠어!"

형은 히비키의 어깨를 꽉 붙들었다.

"내 말 들어. 왜 그렇게 산산이 부숴 버리고 싶은지 너 자신은 알고 있니? 결국 인정받고 싶어서 그런 거라고!"

"저런 사람들한테 인정받고 싶지 않아!"

"그렇지 않아."

형은 딱 잘라 말했다.

"히비키 넌 인정받고 싶어서 이렇게 엉망으로 만들어 버린 거야. 하지만 지금 이렇게 해도, 설령 나처럼 집을 나가도, 결국은 다시 인정받고 싶게 돼."

"인정 같은 거 받고 싶지 않다고 했잖아!"

"내가 왜 돌아왔는지 아직도 몰라? 나도 엄마 아버지를 버릴 생각으로 집에서 도망쳤어. 숨이 막혀 죽을 것 같았으니까. 그래도, 그러면 안 되는 거였어. 그냥 도망치거나, 그냥 산산이 부수는 것만으로는 안 된단 말이야. 나는 인정받고 싶어서 돌아온 거야. 아무래도 상관없다면 화가 날 리도 없잖아. 인정받고 싶어서 이러는 거라고. 그걸 스스로 깨닫지 못한다면 하는 수 없지."

형은 히비키의 어깨를 꽉 잡은 채 진지한 눈빛으로 말했다.

히비키는 온몸의 힘이 쭈욱 빠졌다.

엄마는 거실 창가에서 커튼을 움켜잡고 울고 있었다. 아빠는 그대로 우두커니 서 있었다.

"엄마랑 아버지도 이제 좀 알아주세요."

형은 조용히 말했다.

히비키는 2층 자기 방으로 올라가 침대에 엎드렸다. 아직도 머리가 화끈거렸다. 형이 했던 말과 화분 깨지는 소리가 귓속에서 마구 뒤엉켰다.

심호흡을 했다. 마당 쪽에서 깨진 화분들을 그러모으는 소리가 들려왔다. 살그머니 일어나 창 밖을 내다보니 아빠가 맨발로 등을 구부린 채 깨진 화분 조각을 주워 모으고 있는 것이 보였다. 엄마 모습은 보이지 않았다.

히비키는 무릎을 끌어안고 침대 한쪽 구석에 앉았다.

그렇게 얼마나 시간이 흘렀을까. 고요하고, 비참하고, 슬펐다. 그런데 마음은 차분히 가라앉았다. 문득 정신을 차리니 마당에서 나던 소리가 그쳐 있었다.

"히비키? 들어가도 돼?"

형의 목소리가 들렸다.

잠자코 있자 문이 열리고, 형이 머리만 빠끔 들이밀었다.
"지난번에 말했던 곡, 그거 대충 완성했어. 들어 보지 않을래?"

형은 평소의 부드러운 목소리로 돌아와 있었다.

"……지금?"

"그래, 지금. 난 일요일 아침에 가야 하잖아. 그래서 빨리 완성하려고 서둘렀지."

알고 있었다. 이번 일요일이면 꼭 3주일이 된다. 그런데 앞으로 사흘밖에 남지 않았다고 생각하니 새삼 아쉬운 마음이 들었다.

"집에 돌아와서 주운 소리로 만든 곡이야. 좀 이상하긴 하지만. 듣기 싫으면 안 들어도 돼. 기다리고 있을게."

형은 그렇게 말하고 문을 닫았다. 히비키는 느릿느릿 일어났다.

형 방에 들어갔더니 형은 벌써 키보드 앞에 앉아 있었다.

히비키는 말없이 벽 가까이에 앉았다. 형은 조용히 건반에 손가락을 올려놓고 치기 시작했다.

슬픈 화음으로 시작되었다.

화음은 조금씩 엇갈리더니 곧 여러 음이 겹쳐졌다.

불협화음으로 들렸다. 하지만 아슬아슬하게 조화를 이루는 것처럼 들리기도 했다. 애달픈 단조 음색이었다.

'역시…….'

히비키는 생각했다.

'역시 슬픈 곡이야.'

형이 집에 돌아온 뒤 만든 곡이라면 밝은 곡일 리가 없다. 괴로운 일밖에 없었으니까. 그리고 조금 전에 히비키가 가슴 아픈 추억을 또 하나 보태 주었다.

히비키는 눈을 감았다. 형의 기분을 전부 들어야 한다고 생각했다.

언제부터인가, 밝은 소리가 쌓여 가고 있었다. 조금씩 밝은 선율이 더해져 갔다. 조그만 소용돌이가 점점 커져 가는 느낌이었다.

그 때, 한 소절이 히비키의 가슴속에 뛰어들어왔다. 어디서 들은 멜로디였다. 형이 돌아오던 날, 히비키가 학교에서 돌아왔을 때 들었던 바로 그 멜로디. 그 멜로디가 형이 연주한 것이었단 말인가. 여태껏 모르고 있었다.

이제 곡은 슬프지 않았다. 산책이라도 하고 싶어지는, 경쾌하고 밝은 선율이 방 안 가득 흘러넘쳤다. 이윽고 똑같은 선율이 되풀이되면서 서서히 작아지고 있었다. 마지막으로 높은 키가 퐁 하고 한 번 울리더니 끝이 났다.

히비키는 박수를 쳤다. 손이 아플 때까지 쳤다.

형이 쑥스러운 듯 앞머리를 쓸어 올렸다.

"아직은 곡이라기보다 소리를 모아 놓은 느낌이지? 설익은 부분도 있고. 그래도 히비키 네가 들어 줘서 난 행복해."

"잘 만들었어. 처음엔 역시 슬픈 곡이구나 싶었어. 그런데 중간부터 변하더니 감미로운 느낌으로 끝나서 왠지 마음이 놓여."

히비키는 솔직하게 말했다.

"그래, 처음엔 슬프고 애달프지만 점점 밝아져 가지. 우리 집의 미래를 그려 볼 생각이었거든."

"뭐?"

형은 히비키의 얼굴을 보더니 빙그레 웃었다.

"너, 그런 미래가 될 수 있을까, 그렇게 의심하는 거지? 괜찮아, 걱정하지 마. 분명히 그런 방향으로 가고 있어."

형이 진심으로 그렇게 생각하는지는 알 수 없었다. 그러나 마음속 어딘가에서는 진심이라고 믿고 싶었다.

그렇다. 그렇게 믿고 싶은 것이다.

"아까 그 소절, 형이 돌아오던 날 처음 쳐 본 거야?"

"어, 들었구나. 네 방에서 음악 소리가 쿵쿵 울리기에 안 들리겠다 싶어서 쳐 본 건데."

"역시 그랬구나."

히비키는 고개를 끄덕였다.

"다시 한 번 쳐 봐. 또 듣고 싶어. 그리고 녹음도 해 줘."

"됐어, 녹음 같은 거. 쑥스럽다, 야."

"그래도 일요일에 갈 거잖아. 형이 돌아간 뒤에 몇 번이고 다시 들어 보고 싶단 말이야. 부탁해, 형."

형은 쑥스러운 듯 다시 머리를 쓸어 올렸다.
"할 수 없지. 한 번 해 주지, 뭐!"

이튿날 아침, 부엌에 내려가자 엄마 아빠는 벌써 식탁에 앉아 아침을 먹고 있었다.
히비키는 마음이 조마조마했다.
'엄마가 신경질적으로 잔소리를 해대지는 않을까. 아니면 아빠에게 한 대 얻어맞을지도 모르지. 하지만 엄마 아빠가 아무리 다그쳐도 당당한 자세를 잃지 말자.'
어젯밤 형의 곡을 듣고 나서 히비키 나름대로 정한 방침이었다.
히비키는 말없이 자기 자리에 앉았다.
엄마 아빠는 아무 말도 하지 않았다. 꾸역꾸역 밥만 먹고 있었다. 엄마 얼굴을 옆에서 살짝 봤더니 눈이 시뻘겋고 눈두덩이 부어 있었다. 어젯밤에 운 모양이었다. 아빠는 골똘히 뭔가를 생각하는 표정이었다.

학교에 가니 후토시는 없었다. 역시 오지 않을 생각인가. 정말 학교를 그만둘 작정일까. 그렇게 생각하자 기운이 빠졌다.
수업이 시작되기 전 음악실에 갔다. 형의 곡을 녹음한 테이프를 카세트에 넣었다. 몇 번을 들어도 감미로운 곡이었다. 슬픈 음으로 시작되지만 점점 템포가 빨라지다가 경쾌한 선율로 끝난다. 히비키는 되풀이하여 들었다.

셋째 시간은 체육이었다. 운동장에서 허들 차례를 기다리고 있는데 히비키 양쪽 옆으로 호리베와 와키타가 다가왔다.

호리베가 히비키의 체육복을 잡아당겼다.

"이런 거 말고 치마를 입어야지."

히비키는 호리베의 손을 뿌리쳤다.

"이봐, 언니, 게이 언니."

히비키는 부글부글 끓어올랐다.

"게이가 뭐가 나쁘다고 그래?"

둘은 흠칫 놀랐다. 하지만 그건 잠시뿐이었다.

"어어, 자기 입으로 인정했습니다요."

호리베가 빈정거렸다. 둘은 아무리 뿌리쳐도 끈질기게 따라붙었다. 히비키가 무시하자 이번에는 으름장을 놓으려는지 귓가에 대고 말했다.

"야 인마, 너도 치마 입어!"

드디어 체육 시간이 끝나고, 히비키는 피곤에 지친 마음으로 교실로 돌아왔다.

갑자기 호리베가 "악!" 하고 소리쳤다. 반 아이들 모두가 호리베를 쳐다보았다.

호리베의 교복 바지가 짤막하게 잘려 있었다. 더구나 가랑이를 찢어서 빨간 실로 삐뚤빼뚤 꿰매어 너덜너덜한 치마 모양이 되어 있었다.

호리베의 얼굴에서 스윽 핏기가 가셨다.

"누가 이랬어!"

호리베는 반 아이들 모두를 노려보았다. 히비키를 보더니 맹렬히 달려들었다.

"너지?"

호리베가 히비키의 멱살을 잡으려고 했다. 히비키는 몸을 홱 피했다.

"난 몰라."

사실 알 리가 없었다. 가슴이 후련해지고, 그렇게 한 사람에게 고마워하고 싶은 마음이었지만 히비키가 한 짓은 아니었다.

"아냐, 너야. 너밖에 없어!"

호리베는 고개를 세차게 흔들더니 다시 히비키를 붙잡으려고 했다. 히비키는 호리베의 손을 탁 쳐 버렸다.

"생각해 봐! 체육 수업 같이 받았잖아. 그런 짓 할 틈이 언제 있었다고 그래."

호리베는 히비키를 붙잡으려던 손을 공중에서 멈췄다.

"그럼, 그럼 누가 이런 짓을 한 거야?"

"모른다잖아!"

히비키가 뿌리치듯 말하자 호리베의 얼굴에서 점점 핏기가 가셨다.

반 아이들 전체가 히비키와 호리베의 말싸움을 지켜보고 있는 가운데 한 아이가 소리쳤다.

"호리베는 말이야, 요즘 게이니 치마니 계속 그런 데만 신경 썼잖아. 그러니 잘 된 거 아냐?"

교실 안에서 와르르 웃음이 터졌다.

"시끄러워!"

호리베는 체육복을 입은 채 교실을 나갔다.

점심시간에 음악실 문을 열자 음악 소리가 들려왔다.

형의 곡이었다. 테이프를 카세트에 넣은 채 놔뒀더니, 누가 틀어 놓았나 보다.

창문 아래 웅크리듯 앉아 있는 사람이 있었다.

히비키는 누구인지 알아보고 곧장 달려갔다.

"언제부터 와 있었어?"

후토시가 얼굴을 들었다. 입술 끝이 아직도 조금 부어 있었다.

"둘째 시간부터."

나직한 목소리였지만, 전화할 때 들었던 어둡고 흥분된 목소리와는 달리 안정되어 있었다.

"계속 여기 있었던 거야?"

후토시가 고개를 끄덕였다.

히비키는 후토시 옆에 가서 앉았다. 유리창으로 햇살이 비쳐들어 창 밑으로 두둥실 네모난 양지가 생겼다. 꼼짝 않고 있었더니 등이 따끈따끈했다.

후토시는 말이 없었다.

아직 화가 풀리지 않았을 것이다. 그러나 히비키는 후토시가 와 준 것만으로도 기뻤다.

말없는 두 사람 사이를 형의 곡이 흐르고 있었다.

곡이 끝나자 후토시가 나직이 물었다.

"아까부터 계속 들었는데, 이 테이프 누구 거야?"

"형이 만든 곡이야."

"형이라니…… 너네 형?"

후토시는 놀란 듯 히비키를 바라보았다.

"호리베랑 와키타가 말했잖아. 게이 형."

한동안 잠자코 있던 후토시 눈가에 이윽고 웃음기가 살짝 돌았다.

"그랬구나."

후토시는 테이프를 되감고 재생 버튼을 눌렀다.

다시 형의 곡이 흘러나왔다. 슬픈 듯한 선율로 시작되어 점점 템포가 빨라지다가 경쾌해진다. 마지막에 밝은 키가 퐁 하고 울린다.

"좋은 곡이야."

후토시가 말했다.

히비키는 가슴이 뜨거워졌다. 일어나서 창 밖을 내다보며 크게 숨을 들이마셨다. 파란 하늘이 보였다.

운동장에서는 체육 수업을 기다리고 있는 아이들의 말소리가 들려왔다.

"아 참!"

히비키는 퍼뜩 생각이 나서 후토시를 바라보았다.

"호리베 치마, 혹시 후토시 네가 한 거 아니니?"

순간, 후토시의 얼굴이 폭삭 일그러졌다.

"치마, 치마 하고 떠들어 대는 소리가 들리기에."

후토시는 옆에 있는 쓰레기통에 손을 넣더니 회색 천 조각을 꺼냈다. 교복 바지의 무릎 아랫부분이었다.

히비키는 터져 나오는 웃음을 참을 수가 없었다.

"그 자식, 좋아하던?"

후토시가 물었다.

"그야 물론. 엄청!"

히비키가 대답하자 후토시도 낄낄 웃었다.

후토시는 오후부터 수업에 들어오기로 했다. 히비키는 음악실을 나오면서 테이프를 꺼냈다.

"너네 형이 만든 곡, 직접 들어 보고 싶어."

"우리 집에 오면 형이 쳐 줄 거야."

"정말?"

"근데, 형은 모레 아침에 떠나."

"그럼 시간이 없네."

후토시는 맥이 빠지는지 힘없이 말했다. 히비키는 잠시 생각했다.

"그럼 말이야, 내일 오후에 와."
"그렇게 갑작스럽게 가면 실례 아닐까?"
"괜찮아. 꼭 쳐 줄 거라니까!"

집으로 돌아오는 길에 자전거를 타고 강변길을 달리다가 히비키는 어떤 생각이 떠올랐다.
'키보드를 강가로 가지고 나와서 쳐 달라고 하면 어떨까. 여기서 후토시에게 들려주는 거야. 밝은 햇빛 아래에서 들으면 아마 기분 좋을 거야.'
히비키는 집에 돌아오자마자 형에게 부탁했다. 형은 쑥스러워하며 또 앞머리를 쓸어 올렸지만 금세 "좋아." 하고 대답했다.
토요일 오후가 되었다.
히비키는 키보드를 충전하고 다리를 분리해서 자전거에 실어날랐다. 그리고 형에게 먼저 가 있어 달라고 부탁했다. 후토시도 이제 곧 강가 취수탑으로 찾아올 것이다.
계단을 내려갔다. 히비키는 키보드를 강가로 가지고 나갈 생각이 떠올랐을 때 동시에 떠오른 것을 실행에 옮기려고 마음먹었다.
거실에 들어갔다. 아빠는 책을 읽고 엄마는 텔레비전을 보고 있었지만, 히비키가 다가가자 금세 긴장감이 감도는 것이 느껴졌다. 그 뒤로 아직 말을 한마디도 하지 않았다. 식사 때 얼굴을 마주해도 아빠도 엄마도 입을 꾹 다물고 있었다.
"지금, 강가에 나가지 않을래요?"
눈 딱 감고 말을 건넸다.
"형이 내 친구에게 키보드를 쳐 주기로 했어. 형이 집에 돌아와서 만든 곡인데, 우리 집을 표현한 곡이래요. 그러니까 아빠랑 엄마도 들어 줘요."
엄마 아빠 둘 다 말이 없다. 책과 텔레비전에서 눈을 떼긴 했지만 히비키를 똑바로 보지도 않고, 모호한 공간을 뚫어지게 바라보고 있었다.
'하고 싶은 말은 했어.'
히비키는 혼자서 집을 나왔다.

강가에 나가자 때맞춰 후토시가 역 쪽에서 걸어오고 있었다. 히비키는 후토시에게 형을 소개했다. 후토시는 여장을 하고 있는 형을 보고도 전혀 놀라지 않았다.
"좋은 곡이에요."
후토시는 빙그레 웃었다.
"고마워. 그런 말을 들으니 기분 좋은데."
형도 기쁜 듯이 말했다.
히비키는 콘크리트 블록을 주워다가 그 위에 키보드를 올려놓았다. 형이 그 앞에 앉고 후토시와 히비키는 형의 양 옆에 앉았다.

형은 천천히 건반에 손가락을 올려놓고 조용히 치기 시작했다. 슬픈 선율로 시작된 음은 세 사람 사이를 빙글빙글 떠돌아다니다가 수면을 타고 불어 온 바람에 휘감겨 흩어져 갔다.

후토시는 눈을 감고 가만히 귀기울이고 있었다. 히비키는 형의 연주를 들으며 수면을 바라보았다. 무수한 은빛 날개가 반짝반짝 빛나는 것 같았다.

곡은 점점 부드럽고 경쾌해졌다. 밝은 소리가 강가에 떠다녔다.

형이 마지막 키를 경쾌하게 두드린 순간, 둘레는 연주하기 전보다도 더 조용해진 것 같았다.

도취되어 듣고 있던 히비키는 퍼뜩 생각이 났다. 엄마랑 아빠가 왔을까?

뒤돌아 강변길을 올려다보았다. 돌아가는 검은 그림자 두 개가 보인 것 같았다. 하지만 눈을 깜박인 순간 그림자는 사라지고 없었다.

재빨리 둘러보았지만 아무도 없다. 주위에 있는 것은 형과 후토시와 히비키 셋뿐이다.

히비키는 맥이 탁 풀려 어깨가 축 늘어졌다.

"왜 그래?"

형이 물었다.

"엄마 아빠한테 오라고 했는데, 역시 헛일이었어."

형은 히비키를 물끄러미 바라보았다.

"하는 수 없지, 뭐."

형은 어깨를 으쓱하고는 웃었다.

"집에 가자. 그리고 몇 번이고 이야기해 보는 거야."

형은 후토시를 보고 밝은 목소리로 말했다.

"괜찮다면 너도 집에 놀러 와."

"네."

후토시는 기운차게 일어섰다.

셋은 둑 위로 올라갔다. 히비키는 왔을 때와 마찬가지로 자전거 짐받이에 키보드를 싣고 묶었다. 형이 자전거를 끌면서 걷고, 히비키는 그 뒤에서 키보드가 떨어지지 않도록 손으로 잡고 걸었다. 후토시는 히비키 옆에서 걸어가며 콧노래로 형의 곡을 흥얼거렸다.

강 건너에는 거꾸로 서 있는 양말 모양 굴뚝과 그 옆 스타킹 공장 굴뚝에서 각각 공장이 다시 가동하기 시작했음을 알리는 하얀 연기가 피어올랐다.

"공장, 화재에서 부활했나 봐."

히비키가 먼저 알아차리고 말했다

"그래. 다시 움직이기 시작했어."

형의 치마가 바람에 봉긋하게 부풀어올랐다.

하모니 브러더스

2007년 12월 20일 1판 1쇄
2021년 4월 15일 1판 10쇄

지은이 우오즈미 나오코
옮긴이 고향옥

편집 김태희, 박찬석, 조소정 | **제작** 박흥기
마케팅 이병규, 양현범, 이장열 | **홍보** 조민희, 강효원
출력 블루엔 | **인쇄** 코리아피앤피 | **제책** 정문바인텍

펴낸이 강맑실
펴낸곳 (주)사계절출판사 | **등록** 제406-2003-034호
주소 (우)10881 경기도 파주시 회동길 252
전화 031)955-8588, 8558 | **전송** 마케팅부 031)955-8595 편집부 031)955-8596
홈페이지 www.sakyejul.net | **전자우편** literature@sakyejul.com
블로그 skjmail.blog.me | **페이스북** facebook.com/sakyejul1318
인스타그램 instagram.com/sakyejul1318 | **트위터** twitter.com/sakyejul

값은 뒤표지에 적혀 있습니다. 잘못 만든 책은 구입하신 서점에서 바꾸어 드립니다.
사계절출판사는 성장의 의미를 생각합니다. 사계절출판사는 독자 여러분의 의견에 늘 귀 기울이고 있습니다.

ISBN 978-89-5828-253-2 44830
ISBN 978-89-5828-473-4 (세트)

이 도서의 국립중앙도서관 출판시도서목록(CIP)은 e-CIP 홈페이지(http://www.nl.go.kr/cip.php)에서
이용하실 수 있습니다.(CIP제어번호: CIP2007003695)